Character
鷲嶺・ソフィア・麗奈
わしみね れいな
新見 花梨
にいみ かりん

篠宮 火影
結城 愛菜
双川 絵里
二子玉 亜里砂
小野 詩織

Presented by Ayano

Illustration by Inui Kazune(artumph)

Contents

Isekai Yurutto Sabaibaru Seikatsu

～学校の皆と
異世界の無人島に
転移したけど
俺だけ楽勝です～
異世界ゆるっとサバイバル生活

異世界ゆるっとサバイバル生活3

～学校の皆と異世界の無人島に転移したけど俺だけ楽勝です～

絢乃

【エリ漁】

ソフィアとイチャイチャした日の夜――。

「篠宮火影、少しいいか」

夕食を終えて風呂の用意をしようとした時、天音に呼び出された。ソフィアの警護を務める黒髪の彼女は、いつもと変わらぬ鋭い目つきで俺を見ている。

「別にかまわないが、どうかしたか？」

「落ち着いた場所で話したい。ついてきてくれ」

「分かった」

天音の後ろに続く形で、俺達は海蝕洞の奥へ向かった。

「この辺りなら誰かに聞かれることもないだろう」

天音は無数にある枝分かれした道の一つを進み、突き当たりで足を止めた。そこで振り返り、俺との距離を詰めてくる。

「やってくれたな」

「え、な、なんのこと？」

本当は分かっている。おそらくソフィアのことだ。

天音は鬼龍院家の人間としてソフィアの警護に務めている。

対する俺は、天音の目を盗んでソフィアとセックスした。

「お嬢様の純潔を奪っただろ」

案の定、彼女の用件はソフィアに関することだった。

俺とソフィアは、互いにセックスしたことを伏せている。あえて公言するほどのことでもないからだ。

それでも天音は気づいていた。どうしてなのかは分からない。だが、疑惑ではなく確信のレベルで気づいている。

（こりゃ言い逃れできそうにないな）

そう思った俺は、降参とばかりに両手を挙げた。

「やっぱり俺、今から殺されるのかな？」

ソフィアの膣にペニスを突っ込んで腰を振っている時から、こうなる可能性については考えていた。それでも性欲が勝ってしまったのだ。

ここで天音に心臓をくり抜かれても文句は言えない。既に覚悟は決まっている。

しかし、そんなことにはならなかった。

天音は無表情で首を横に振る。

「殺すものか。むしろ感謝したい。ありがとう、篠宮火影」

「あ、ありがとう？」

口をポカンとする俺。

「そうだ。お嬢様は自分の意志でお前との性交渉を望み、お前はそれを承諾した。つまり、お嬢様の願いを叶えてさしあげたのだ。故に感謝する」

「お、おう、どういたしまして。……って、怒らないのか？」

「怒るものか。お嬢様が悲しんでいたのであればお前を殺していたが、この上なく喜んでおられた。私が怒る理由はどこにもない」

「なるほど」

「知っていると思うが、お嬢様はこの世界でしか自由に過ごせない。だから、私としても可能な限りお嬢様の望みを叶えてさしあげたいと考えている」

冷えていた肝っ玉が温まっていく。

ソフィアとセックスしたことで天音に感謝されるとは思わなかった。

悪い気はしない。我が愚息もソフィアの膣を堪能できて喜んでいる。

「篠宮火影、入浴の順番は？」

「今日は三番だよ」

順番は日によって異なる。誰だって一番風呂を堪能したいものだ。

「私は一番だが、お嬢様に付き合ってくれたお礼に代わってやろう」

「いやいや、気にしないでくれ。一番風呂は約二週間に一度しか味わえないものだ。そう易々と他人に譲るものではない」

「お前こそ遠慮するな。一番風呂が好きなことは知っているぞ」

「そんなの誰でもそうだろ」

「あいにくだが、私はそれほどでもない」

「なら遠慮無く……いや、待てよ」

ハッとする俺。とてつもない名案を閃いた。思わずニヤけてしまう。

「風呂の順を変えるのは危険だぞ」

「危険だと？　どういうことだ」

「どうして順番が変わったのか、皆は理由を知りたがるだろ？」

「うむ」

「そうなると、俺とソフィアのセックスが他の人にも知られかねない」

「たしかに」

「それでもいいのか？」

「いや、それは困る」

「だろ？　だから、お礼は別の形で頼むよ」

「いいだろう。それで、別の形とは？」

「これだ」

俺はその場に天音を跪かせ、ズボンとパンツを脱いだ。僅かに硬くなった半勃起のペニスが、天音の顔の前にポロリン。

「あとは……分かるよな？」

天音はコクリと頷き、俺の太ももに手を添え、口を開いた。

彼女の吐いた息が当たって、我が息子がビクッと震える。

次の瞬間、天音はひと思いにペニスを咥えた。口の中で舐め回されて、愚息が立派な大人へ成長していく。全身に快楽の電流が走った。

「いい……すごくいい感じだ……」

天音は俺の目を見ながら、激しく頭を動かしている。他の人が来る前に済ませるべく、初っ端から全力で抜きにかかっているようだ。

「すぐに射精してやるからな」

俺は天音の頭を手で押さえて固定し、腰を振る。

彼女は尋常ならざる力でペニスを吸い、刺激の強さを極限まで高めた。

膣にも匹敵する気持ちよさだ。あっという間に絶頂へ達する。

「イク……イクッ！」

大きく息を吐き出すと同時に、俺は天音の口内に射精した。

天音が吸うのを止める。彼女の口の中が柔らかくて温かい空間になった。

「ふぅ、気持ち良かった」

天音の口からペニスを抜き、ズボンとパンツを穿く。

彼女は口の中に溜まった精液を俺に見せた後、ゴクンと飲み干した。

「満足してもらえたか？」

天音は立ち上がり、手の甲で口を拭く。

「ああ、大満足だ」

「では、私は風呂に入るとしよう」

「一番風呂を満喫してくれ」

来た道を戻り、分岐路で解散する。

俺は天音に背を向け、皆のいる広場へ向かった。

（ソフィアとセックスしただけでも信じられないのに、まさか天音にそのことを感謝されて、さらにはフェラまでしてもらえるとは……なんて素晴らしい土曜日なんだ）

まさに「至福」と言うほかない一日である。

しかし、完全に晴れやかな気分かと言えば、そうではなかった。

仲間の一人——水野がまだ戻ってきていないからだ。

◇

翌日——八月二十五日、日曜日。

この世界に来てから三十八日目。

日曜日なので今日も休みだが、俺達は皆で川に集まっていた。篠宮洞窟の南西にある川で、亜里砂がしばしば釣りをしている場所だ。

「まさか吉岡田まで手伝ってくれるとはな。助かるぜ」

爆発したかのようなモジャモジャヘアーの男こと吉岡田が笑みを浮かべる。

「設計図の作成に行き詰まっておりまして、息抜きにちょうどいいと判断しました。それに、篠宮さんにはいつもお世話になっておりますから、このくらいの恩返しはするべきとも思いました、どうぞ」

俺達は今、チーム一丸となって作業をしている。

まずは川のあちこちに木の棒を突き刺した。それらの間には、手芸班の作ったお手製の網が張られている。

「火影ー、こんな感じでオッケー？」

亜里砂が網の張り具合をチェックするよう求めてきた。

俺はずかずかと川を歩いて近づき、網を触って確かめる。

「いい感じだ。流石だな」

「ふっふっふ」

今している作業は川で漁をする為の下準備だ。

川で行う漁と言えば、過去に木箱を設置したことがある。あの時は小さなエビなどを対象としていた。

今回の漁はもっと規模の大きいものだ。具体的には、川に棲息する全ての魚を狙っている。

文字通り一網打尽にするつもりだ。

「今日のような日照りの強い日は川で作業をするに限りますわね。川の水がひんやりしていて心地よいですわ」

「仰る通りです、お嬢様」

ソフィアと天音も楽しそうに作業をしている。

他の女子達の顔にも笑みが浮かんでいた。

そんな女性陣よりも遥かに上機嫌なのが男性陣だ。

「ウホホ、これは眼福でござるなぁ！」

「たまらないでやんす！」

「篠宮さんのチームに勧誘していただいて幸せです、どうぞ」

「興奮するでマッスル！」

野郎共の目は女子の太ももへ向いていた。女子は皆、川の水で濡れないようスカートの丈を短く折っており、それによって剥き出しになった太ももに釘付けなのだ。

「田中君、そういうとこだよ」

絵里が呆れ顔で田中を見る。

「絵里殿、そんな……！　こ、これは致し方ないでござるよ！」

しばしの時間を経て、田中と絵里の関係は改善されつつあった。

「見てくだされ絵里殿、篠宮殿だっていやらしい目で見ているでござるよ！」

「えー！」

「おい、俺を巻き込むなよ！」

「道連れでござる！　一人だけいい格好をしようなんて甘いでござるよ！」

俺に対しても、田中は距離を置かなくなっていた。

「農業を始めたし、他にも食料があるから、やらずじまいなのかと思っていたよ。でも、やらないんじゃなくて準備に時間がかかっていたんだね」

話しかけてきたのは花梨（かりん）だ。

「それもあるが、後回しにしていたのもたしかだ。ウチには亜里砂がいるからな」

「亜里砂がいたら魚に困らないもんね」

「釣りだけは優秀だからな」

「誰が釣りだけだー！」

亜里砂が川の水を蹴り上げる。

俺は「ははは」と笑い流し、花梨との話を続けた。

「だから準備は休日にしかしていなかった。とはいえ、その程度の作業で済んだのは、芽衣子（めいこ）と陽奈子（ひなこ）が超人的な働きをしてくれているからに他ならないわけだが」

全員の作業が終わると、岸に上がって川の様子を眺める。木の棒と網によって、川の中にはちょっとした迷宮ができていた。

「よし、これでいいな。〈エリ〉の完成だ」

「絵里だってよー！」

茶化す亜里砂。

絵里は「はいはい」と流した。

俺達が作っていたのは〈エリ〉と呼ばれるもので、端的に言うと魚用の迷路だ。

魚は何かにぶつかると、それに沿って進む習性がある。

その習性を利用して袋小路に追い込むのが、この〈エリ漁〉だ。ひとたび罠を設置したら、あとは網が破れるまで追加の作業を必要としない。常に人手不足の俺達にとって、少ない作業量で済むのはありがたい。

「見て見て！　もう魚が入ってる！」と川を指す愛菜。

今まさに魚が迷路へ侵入していた。

まずは迷路の入口前に設置した網に当たる。それによって進路を変え、迷路に向かって進んでいく。そうやって奥へ奥へと進んでいき、広々とした最奥部に到着した。

「ちなみに、ゴールの袋小路のことを〈ツボ〉と呼ぶ」

ツボに着いた魚は、そうそうのことでは脱出できない。

「へぇー。そんなことより大人気じゃん。ウチらの作った迷路！」

魚の動きに興味津々の亜里砂。俺の説明は「そんなこと」で一蹴だ。

他の皆も、迷宮に誘い込まれていく魚を見て歓喜の声を上げていた。

「これなら亜里砂みたいな釣りスキルがなくても簡単に魚を獲れる。釣りより遥かに効率がいいし、亜里砂が不調でも川魚に困ることはないだろう」

「でも私は釣りがいいなー！　やっぱり魚は自分で釣ってなんぼでしょ！」

「亜里砂には海釣りを頼むよ。海のほうが好きなんだろ？」

「おう！　私にかかったら川釣りなんて楽勝すぎだからなぁ！　がはは！」

その後、俺達はツボに溜まった魚をいくらか回収してからアジトへ帰った。

エリの設置やらで日曜日を消費したが、それだけの価値は大いにあるだろう。

こうして、食事に関する環境はますます快適になるのだった。

【未帰還者】

エリ漁を確立した次の日——三十九日目となる八月二十六日。

今日は月曜日だが、作業は行わない。

昨日の振替休日という意味もあるけれど、なにより今日で二週間になるのだ。

「水野君……」

二週間前、水野はこの島を発った。海の向こうにある島を目指して。

俺達の最終目標は現実世界に戻ること。水野が偵察に向かっている島は、現状では唯一、その為の手がかりが得られるかもしれない存在だ。もともとは船を造って全員で向かう予定だったが、それではリスクが高すぎるということで、水野が先行偵察を志願し、実行している。

『もし二週間経っても戻らなかったら、その時は計画の見直しを』

水野の言葉が脳裏によぎった。

今日こそは戻ってくるだろう、と思い続けて今に至る。

「無事だといいでござるが……」

俺達は悲観的になっていた。それでも完全には諦めていない。

「念の為、海辺に待機しておこう」

だから待つ。貴重な一日を消費して、水野の帰還を祈り続ける。

◇

朝食を済ませたら、二人一組になって海岸沿いに展開する。ただし、人数の都合上、朝倉姉妹だけは吉岡田を含めた三人セットだ。

最小限の人数でバラけるのは、帰還した水野を見落とさないようにするため。アジトの傍に辿り着くとは限らない。

「二人一組で展開するなら全員で待たなくてもいいのでは？」

第三者なら、そんな疑問を口にするだろう。

同じ場所に二人で待っていても大して変わらないからだ。それであれば、一人が待ち、もう一人は付近で何かしらの作業をするほうがいい。

そんなことは分かっている。

分かっていながら、あえてそうしなかった。命懸けで荒波に飛び込んでいった仲間をながらで待ちたくない。

だから俺達は、ただただ座って、広大な海を眺めていた。

「こうして座って過ごすのって、よく考えたら初めてかも」

「この世界では常に慌ただしく動いているものな」

愛菜は俺の右隣で体育座りをし、俺の右肩に頭をもたれさせていた。

俺は胡座を組んだ状態で、彼女の腰に右腕を回す。

「今更だけどさ、此処の景色ってすごくいいよね。火影もそう思わない？」

「思うよ。なかなかの絶景だ」

俺達がいるのはアジトがある崖の上。遥か下から波のぶつかる音が聞こえてきて、耳を澄ませていると気持ちが落ち着いた。時間を忘れそうだ。

「キィイイ！」

「ウッキキイ！」

背中に突き刺さる猿軍団の喚き声によって現実へ引き戻される。台無しだ。とはいえ、猿に向かって「黙れ」と言うわけにもいかない。彼らは俺達に代わって働いているからだ。合鴨の世話やら何やらと、せわしなく動き回っていた。

「ねぇ、火影」と、愛菜が上目遣いで俺を見る。

「ん？」

俺は持ってきていたヒョウタンに手を伸ばし、中に入っている水を飲んだ。

「あたし以外だと誰とエロいことしてるの？」

「ブッ！」

口に含んだ水を吹き出してしまった。さらに辛うじて口の中に残った水が喉に詰まり、盛大に咽せてしまう。口の中の水が完全に消え失せた。

「な、なんだよ、いきなり」

愛菜が「いやぁ」とニヤり。

「だって火影、色々な子に手を出してるでしょ？」

「それは、その……」

答えに窮する。嘘はつきたくないが、正直に話したくもない。

「手を出しているって言い方は違うか。相手から誘ってくるんだろうし」

「そ、そういうのはノーコメントで……」

「別に隠さなくたって平気だよ。他の子とエロいことしてるからって怒らないし。あたしらは付き合っているわけじゃないんだから。それに他の子だって気づいていると思うよ。火影が自分以外の子ともそういうことをしてるって」

「……まじ？」

この反応では認めたも同然だ。我ながら分かりやすい。

「女はそういうの見れば分かるよ。分かりやすいのはソフィアだね。一昨日、ソフィアと何かしたでしょ？」

大正解だ。一昨日はソフィアとセックスした。

俺は「まぁな」と苦笑いで頭を掻く。

「他は誰と？」

答えづらい質問だ。

「…………」

故に俺は無言の置物と化す。

だが、愛菜はどうしても知りたいらしく、訊き方を変えてきた。

「絵里とはしたでしょ？」

「したって言うと……その、エッチなアレコレか？」

「このタイミングで他にある？」

露骨に苛つく愛菜。

俺は「ひぃ」と震え上がった。

「ないです……」

「でしょ。で、絵里とはしたでしょ？」

「はい」

「亜里砂とは？」

「釣りの手伝いで形式的に抱きついたことがあるけど、それはカウントされる？」

「されない。キスだけでもセーフ。アウトなのは火影の息子が射精すこと全般だね」

要するに手コキやフェラ、セックスがアウトのようだ。

「ならしていない」

「絵里はアウト、亜里砂はセーフっと。花梨は？」

まるで尋問だな、と思いつつ「した」と答える。

「陽奈子ともしてるでしょ？　訊かなくても分かる」

そうだろうな。俺と舟の上で気持ち良くなって以降、陽奈子の態度は露骨に変わってしまった。客観的に見るまでもなく、主観的に見ても分かるほどに。

「芽衣子ともしてるの？」

「まぁ……してる」

「ソフィアともしてるとなると、あとは天音か。って、流石に天音とはしてないか」

「えっ、いや、その……」

「もしかして天音とも!?」

俺はコクリと頷いた。

「流石に手広くいきすぎでしょ。すると亜里砂だけじゃん、セーフなの」

「まぁ、そうだな。ところで、俺とエロいことをしたらアウトって表現はどうなんだ」

愛菜は声を上げて笑ったあと、「ごめんごめん」と謝った。

「亜里砂以外の女子をメロメロにしちゃうとか、火影は流石だね」

「メロメロというか、ただの性欲処理だろ。欲求を解消するのに俺がちょうどいい存在ってだけの話さ。それ以上でもそれ以下でもないと思うぞ」

「そんなことないでしょ」

愛菜は真顔で即答した。

「それだったら他の男子でもいいわけだし。違う？」

「いや、違わないな」

「火影って自分が思っている以上に魅力あるからね」

「そう言ってもらえると嬉しいよ、ありがとう」

「だからって手を出しすぎでしょ！　ハーレムかっての！　嫉妬しちゃうよ！」

愛菜の頬がぷくーっと膨らんだ。

「そう言われても求められると断れないしな」

「優しいね」

「いや、優しくない。ただ性欲が旺盛なだけさ。男子高校生の性欲は最強だからな」

「あはは。ほんと、男ってエロいことばっか考えているもんね」

「悲しいことに否定できねぇ」

そこで会話が終わった。互いに無言で海を眺めて、水野を探す。

しかし、水野らしき人物が視界に入ることはなかった。

そうして時間だけが過ぎていき、昼になる。

昼ご飯を食べる必要がある為、俺達はアジトに戻った。

他のペアも戻ってきていて、皆で昼食を始める。

その場に水野の姿がないので、彼が帰還していないことは訊くまでもなく分かった。

「ご飯も食べたことだし、海の監視を再開するか」

重々しい空気の中でサッと昼食を終え、再び持ち場に戻る俺達。

「生きていればそれでいいのだが……」

崖の上に腰を下ろすと、俺は呟いた。

水野が戻ってこない理由については色々と考えられる。

例えば、向こうの島には原住民がいて捕らえられてしまっているだとか、怪我をしたので帰ることが難しくなっているだとか、パッと思い浮かぶ限りでも枚挙に暇がない。

その中でも最悪なケースが死亡だ。何かしらの理由によって命を落としてしまった、というもの。

悲しいことに、死んでいる可能性は高いと言わざるを得なかった。島へ渡ることに成功したとして、単独で二週間も生き抜くのは難しい。生き抜けるだけの余力があるなら既に帰還しているはずだ。

「ここらが限界だな」

昼が終わり、夕方になる。いよいよ夜が始まろうとしていた。

夏の太陽はしぶとく粘るが、それもここまでだ。

「戻ろう」

「そうだね……」

俺と愛菜は重い腰を上げ、アジトに向かう。何度も振り返ったが、海面に水野の姿が見えることはなかった。

アジトには誰もいなかった。俺達が最初に戻ったようだ。

すぐに他のメンバーも帰ってきた。新たなペアが帰還する度、メンバーの顔を見て結果を悟った。一様に暗い表情をしている。

そして、最後のペアが戻ってきた——が、水野の姿は見当たらない。

「水野の奴、何かあったんだな、やっぱり」

結局、この日、水野泳太郎(えいたろう)が戻ってくることはなかった。

【方針の再検討】

水野が未帰還者となったことで、俺達の状況は一変した。

今後のことについて、改めて話し合う必要がある。

だが、今日のところは休むことにした。既に日が暮れているからだ。夜更かしになりそうな行為は可能な限り控えたい。この世界において、身体は最も重要な資本である。

それに、各々で考える時間が必要だった。

「さて、今後について再検討するとしようか」

日が明けて簡単な朝食を済ませると、俺達は会議を開いた。静かに燃え続ける焚き火を皆で囲む。

「向こうの島を目指すのはやめたほうがよくない？」

切り出したのは花梨だ。地毛と言い張っている青い髪を掻き上げ、真剣な目で俺を見る。

「やめるのは早計だと思いますわ」

すかさずソフィアが反応する。

「ただ、渡航の難易度については、今までよりも厳しく見積もるほうがいいでしょう」

計画自体を白紙にするべきと主張する花梨に対し、ソフィアは見直すに留めている。

おそらく他の皆も二人の内のどちらかと同意見だろう。

「お嬢様の意見に異を唱えることとなってしまいますが……」

そう前置きして口を開いたのは天音だ。

「私は新見(にいみ)花梨と同じで、向こうの島を目指すことに反対です。この世界が地球とはまるで異なる環境――例えば魔法を使えるだとか、そういった地球ではありえないことが当たり前のように起きていれば話は別です。しかし実際のところは、酸素濃度や重力など、様々な環境が瓜二つと言えるレベルで地球と酷似しています。そのような状況下において、渡航したところで画期的な発見が得られるとは思えません。それになにより、現在の我々を取り巻く環境は非常に快適です。警戒すべき外敵は皆無に等しく、生活基盤は日に日に盤石のものへと成長しています。ですから、地球に戻ることよりも、この世界で末永く生きていくべき……と、私は考えます」

天音が丁寧な口調で自分の意見を述べた。渡航のみならず、現実世界に戻る方法を模索すること自体に反対しているようだ。

「そういう考え方もあるよな」

個人的には天音の意見に大賛成だ。

俺にとって現在の環境は「最高」と言う他ない。昔から憧れていたものだから。いや、頼もしい仲間がたくさんいるなど、憧れていたもの以上の環境とすら言えるだろう。この世界で末永く過ごせると言うなら、日本に戻れなくてもかまわない。そう断言することができるほど気に入っている。

けれど、それは俺個人の意見だ。

「天音の意見は一理あると思うが、地球へ帰る方法を模索することまで放棄するのはいかがなものだろうか。俺はともかく、大多数のメンバーは地球へ戻ることを目標に活動している。今まで頑張ってこられたのも、そういった目標があるからに他ならない。だから、天音の意見には反対だ」

個人的には賛成でも、チームとして考えた場合は賛成することができなかった。

「拙者は日本に帰れなくても気にならないでござる」

「同じでやんす」

ここで田中と影山が天音に賛同する。

二人の発言には、俺を含む皆が驚いた。

「どうして気にならないのだ？　二人はこの中でも特に戻りたがっているものと思っていたが。なにせこの世界には二次元のコンテンツが存在しない。ゲームも、アニメも、漫画も。その手の物をこよなく愛する二人にとって、この世界は誰よりもつまらなく思えるんじゃないのか？」

女性陣が頷く。

マッスル高橋も「マッスル！」と同感の意を表明する。

この問いには田中が代表して答えた。

「たしかにそうでござるが、日本における拙者や影山殿は底辺でござろう。皇城殿や笹崎殿のような連中からはイジメられ、女子には罰ゲームで告白されるなど、学校では何かと嫌な思いをしてきたでござる。あの頃に比べると、今の生活はとても楽しいでござる」

「その通りでやんす！」

「拙者らは此処でも優秀とは言えないでござるが、それでも、チームの一員として貢献できているでござる。それが嬉しいのでござるよ。それに、絵里殿や他の美女達とも仲良くなれたでござる。この世界に来ることがなければ、こうして皆と仲良くなることはなかったでござろう？」

「たしかに、そだね」と亜里砂。

「無論、アニメや漫画がないのは辛いでござるよ。二次元は拙者らにとって非常に大切な存在でござるからな。しかし、この島にはそれ以上の物があるでござる。亜里砂殿から教わった釣りにしたってそうでござる。皆と楽しい思い出を作っていけるのであれば、日本へ戻れなくても問題ないと思うでござる」

「会長の言う通りでやんす！　僕も完全に同意見でやんす！」

なんだかしんみりとする話だ。

「いいこと言うじゃないか、田中ぁ」

亜里砂が目に涙を浮かべる。

他にも目をうるうるさせている者が何人かいた。俺も胸を打たれた。

「思ったより日本へ戻れなくてもかまわない派がいるな……」

俺がそう呟いた時、一人の男が否定した。

「自分は断固として戻りたいでマッスル！　これは譲れないでマッスル！」

マッスル高橋だ。寡黙ではないが、自分の意見を言うことは少ない男である。そんな彼が力強い口調で言う。

「この世界で筋肉量を維持するのは無理でマッスル。色々と工夫することで粘ってはいるものの、それでもずいぶんと情けない肉体になってしまったでマッスル。自分としては一刻も早く日本へ戻り、ジムで鍛えたいでマッスル」

高橋の意見によって、傾きつつあった流れが戻った。

「私もできれば帰りたい。ここの暮らしは好きだけどね」

芽衣子が賛同し、それに他の女性陣も続く。

最初に渡航計画の中止を提案した花梨ですら、日本に戻りたいとは考えている。渡航に対してネガティブなだけで。

日本へ戻りたいかどうかについては、主にスクールカーストで分かれていた。

戻りたがっているのは、女性陣をはじめとするカーストの上位陣。

一方で、俺や田中、影山や吉岡田といったカーストの底辺に位置する人間は、それほど戻りたいとは思っていない。

例外は二人だけ。俺と一緒ならなんでもいいと言う陽奈子と、ソフィアの安全を第一に考える天音だ。

向こうの島へ渡航することについても尋ねてみたところ、賛否両論といった感じになった。

賛成は、俺、愛菜、絵里、亜里砂、芽衣子、高橋、ソフィア、吉岡田。

反対は、花梨、田中、影山、天音、陽奈子。

日本に帰りたいのか、別に帰れなくてもかまわないのか。

今後も向こうの島を目指すのか、それとも、やめるのか。

人によって考えはバラバラだ。

「で、どうやって今後の方針を決めるの？　多数決でもする？」

愛菜が尋ねてきた。

彼女は俺を見ていたが、答えたのはソフィアだ。

「篠宮様に一任する、ということでよろしいのではないでしょうか？」

「え、俺？」

ソフィアは「はい」と頷いた。

「今の私達があるのは篠宮様のご尽力によるものです。篠宮様が優秀なリーダーであることは誰の目にも明らかであり、誰もが全幅の信頼を寄せています。そういった方の下した決断であれば、仮に自分と違う考え方だったとしても受け入れられるでしょう。それに、今回のようなことを多数決で決めるのは望ましくありません。一見すると大多数の意見を採用していていい風に感じますが、実際には採用されなかった少数派に強い不満を与えることとなりますので」

皆が「たしかに」と納得している。

しかし、俺は「ちょっと待てよ」と止めた。

「俺に委ねるって、それは流石にどうなんだ。おそらく誰よりもこの島で過ごしたがっているのは俺だぜ。個人的には日本に帰りたくないし、帰る必要がないと思っている。もちろん、向こうの島に行かなくても問題ないとも考えている。そのことは皆も知っているだろう。そんな奴に任せるなんてアンフェア過ぎないか？」

「そんなことはございません」

ソフィアはきっぱりと言い切る。

「私達の知っている、私達の見てきた篠宮様は、必ずチームのことを考えて決断を下します。仮に、先ほど『個人的には……』と仰った内容と全く同じ方針を打ち出したとしても、それはチーム全体のことを考えた末に導き出した結論でしょう」

「そうだね」と愛菜。

「火影君なら自分よりチームを優先すると思う」

絵里も続く。

皆がソフィアの意見に同意した。

「ですから、篠宮様がお決めになってください。私達はその決定に従います。それがどのような答えであっても、決して異を唱えません」

「ほ、本当にいいのか？　俺が決めて」

「はい、よろしくお願いいたします」

「……分かった」

かつてない重要な決断を任されてしまった。

「チームにとっての最善手、か」

しばらく無言で考える。脳内では、様々な要素が天秤に掛けられていた。未来、希望、可能性、リスク……。

俺はお世辞にも賢いとは言えない。学力は決して高くないし、地頭だって微妙だ。

それでも俺なりに考えた。必死に考え、考えに考え、何度も検討を繰り返す。

　此処では俺がリーダーだ。内閣総理大臣や国家元首、大統領と呼ばれる人間と同じ立場である。そのことを意識すると、プレッシャーで押し潰されそうになった。胃液が逆流して、思わず吐きそうになる。

　それほどの重圧をぐっと堪え、必死に耐えて、俺なりの答えを出した。

「決めたよ」

　黙考の末に口を開く。

　皆が静かにこちらを見つめる中、俺は言った。

「大目標に変化はない。続行だ。いつになるかは分からないが、最終的には向こうの島を目指す」

　俺の答えは、渡航を諦めないことだった。

「この島に原住民がいないことは確定している。地球へ転移するテレポート装置のような物も存在しない。地球へ帰るという目標を達成するのであれば、この島で生活を続けるだけでは駄目だ。向こうの島に何があるか分からないし、渡ったところで徒労に終わるかもしれない。その可能性は高いだろう。しかし、何かがある可能性も存在している。他に手立てがない以上、今は渡航を継続する方向で活動していきたい」

　そこで言葉を句切り、一呼吸。

「ただし、船は当初の予定よりも強化する。荒波に耐えられるよう、大型の帆船を造る。ただ海を渡るだけではない。向こうの島に問題があった時は速やかに戻れるようにしたい」

今まで渡航は一方通行のものとして考えていた。向こうの島に行ったらこの島に戻ることはないだろう、と。しかし、水野が帰って来なかったことで、向こうの島が危険に満ちている可能性を考慮することにした。

「この計画は遠大だ。もしかしたら年単位の時間を要求されるかもしれない。それでも、新たな判断材料が見つからない限り、この方針でいこうと思う。膨大な時間を費やすことになったとしても、確実に成し遂げてやろう！」

皆が「おー！」と拳を突き上げる。

こうして、方針の再検討を目的とする会議が幕を閉じた。

終わってみれば「現状維持」というオチだ。そこだけを見れば、長々した話し合いが無意味に感じるだろう。

だが、実際にはとても有意義な話し合いとなった。会議を開く前と後で、皆の心構えや顔付きがまるで違っていたのだ。俺も例外ではない。

【スリッポンスニーカー】

水野の墓は作らないことにした。

作ってしまえば、彼を死亡したものとして扱うことになるから。

死体を見たわけでもない以上、生きている可能性は残っている。

ならば、水野泳太郎は生きているに違いない。

向こうの島へ無事に到着するも、何らかの理由で戻れなくなっただけだ。

シュレーディンガーの猫みたいな話だが、俺達はそう考えていた。

◇

この世界に来てから四十一日目——八月二十八日、水曜日。

海を渡るという遠い目標に向かって、俺達は再び動き出した。

「いやはや、エリ漁は本当に素晴らしいです！　これなら自分でも魚を捕れます、どうぞ」

「美味い川魚をたくさん食べたいからな、よろしく頼むぜ」

「お任せ下さい！　どうぞ！」

エリにかかった魚の回収は吉岡田に任せる。ツボに群がる魚をすくい上げるだけの作業だから楽なものだ。

吉岡田の作業をしばらく眺めてから、俺はアジトに向かった。

「ねぇ火影、ウサギ用の罠は本当に作らなくていいの？」

アジトの近くで愛菜が話しかけてきた。彼女には猿軍団の指揮官として、農作業に従事する猿の監督を任せている。

「今は農作業を中心に進めていきたいな。ウサギの肉は美味いが、あまり乱獲し過ぎると絶滅しかねない」

「オッケー！」

愛菜は足下に置いてある土器バケツに手を突っ込み、何やら取り出した。

様々な果物のドライフルーツだ。

「その調子で頑張ってねー！」

愛菜がドライフルーツをテンポよく投げる。

猿達はそれをキャッチして、美味しそうに頬張った。

「古くなったドライフルーツを皆にあげてるけど、特に問題ないよね？」

「ああ、大丈夫だ。乾燥させているとはいえ、無限に日持ちするわけでもないからな。猿にあげるなら、もう少し余分に作っておくか？」

ドライフルーツの作り方は簡単だ。薄くスライスした果物を天日干しするだけでいい。

「ううん、平気だよ」

「そうか。なら、俺はアジトに戻るよ」

「りょーかい！」

「猿軍団には頭が上がらないからな。追加の褒美が必要ならいつでも言ってくれ」

「分かった！」

猿軍団は農作業の要だ。

小麦や米、それに水田で泳ぐ合鴨の世話まで任せている。それでも余裕があるので、慣れてきたら追加の作物も検討していきたい。とはいえ耕地面積の都合もあるから、そこまで拡大できないようにも思う。

余談だが、アジトの湖にあるトマトは人の手で世話をしている。嬉しいことに、先日、発芽に至った。花は咲いておらず、まだまだこれからではあるけれど、順調に成長していることはたしかだ。

「ソフィア、体は大丈夫か？」

アジトに着いた俺は、広場にいるソフィアへ声をかけた。

この数日、彼女には簡単な作業を担当してもらっている。床を掃除したり、洗濯物を畳んだり、食器を洗ったり。生理が来てしまったからだ。

女性特有のこの現象にも慣れたもので、今では気を配れるようになっていた。

「お気遣いありがとうございます。おかげさまで問題ありませんわ」

ソフィアがニコッと微笑む。

「それならよかった」

「あっ、篠宮君、ちょうどいいところに来たわね」

芽衣子が近づいてきた。手に何やら持っている。

「これで完成だと思う。試し履きをお願いしてもいいかな？」

そう言って渡してきたのは靴だ。

上履きを補修したものではない。この世界でゼロから作り上げた代物だ。しばらく前から、彼女は靴作りに挑戦していた。

もしも縄文人が芽衣子の作った靴を見たら腰を抜かすだろう。なにせ彼女が製作した靴というのは、昔ながらの草鞋ではないからだ。

なんと現代のスニーカーである。縄文時代や弥生時代、果てには江戸時代すらも超越していた。

だからこそ、靴を作る作業は難航していた。それらしい形を作ることは簡単だが、そこから先――実際に使えるレベルまで仕上げるのは難しい。強度不足だったり、左右の高さが微妙に違うせいで歩きづらかったり、何かしらの問題がつきまとっていた。

「見た目は完全にスニーカーだな」

「素材の都合で靴底（ソール）以外はペラペラだけどね」

「通気性に優れているわけか」

「あはは、物は言い様ね」

早速、芽衣子の作った靴を履いてみた。

「初めて靴を作った頃はサイズ感も酷かったものだが……」

「今は大丈夫？」

「完璧だよ」

サイズの問題は早々に解決していた。今回も問題ない。見事なまでにフィットしており、芽衣子の技術力の高さが窺える。

「紐靴にしないのはどうしてなんだ？」

今回もそうだが、芽衣子の靴は常にスリッポンタイプだ。その為、履く際には靴べらが欲しくなる。

「紐靴は作るのが大変だからね」

芽衣子が「はい、これ」と靴べらを渡してきた。俺の顔に「靴べらがあればなぁ」と書いてあったのだろう。

「サイズや履き心地は非の打ち所がないな。市販品と同レベルだ」

まだ安心できない。この段階までは過去にもクリアしていた。

問題はここから先だ。

「さて、使用感はどうかな」

肝心なのは靴として実際に使えるのかどうか。

「ふむ、歩く分には問題なさそうだな」

その場でグルグルと歩き回ってみたところ、ソールが外れるような気配はなかった。また、左右の高さが違って違和感を覚えるといったこともない。いたって順調だ。

「ダッシュにも耐えているな、いい感じだ」

今度はアジトの中を走り回る。靴に負荷が掛かるよう意識した。

それでも靴が壊れる様子はない。かなりの完成度だ。

「おそらく問題ないと思うが、念の為に外を走ってくるよ」

アジトの地面が岩肌なのに対し、外は基本的に砂利道だ。その差による問題が起きる可能性は否めない。

「足を挫かないように気をつけてね」

「おうよ」

俺は上履きを手に持ち、アジトの外へ走り出した。

「上履きとはモノが違うな」

足に伝わる衝撃が柔らかい。小石を踏んでも痛くないことに感動した。

今まで……特に靴底の消耗が著しい最近は、走るどころか歩くことすら辛かった。

「これなら！」

森の中を全力で駆け抜ける。いつもより遥かに速い。水を得た魚のようだ。

「ソールも剥がれていないし完璧だ」

三十分ほど走ったり歩いたりを繰り返すも、靴が壊れることはなかった。ソールは剥がれていないし、他の部分にもこれといって問題は起きていない。

「ふぅ、ただいま」

耐久度試験を終えた俺はアジトに戻った。

「どうだった？　ダメだったかな？」

芽衣子が不安そうな顔で尋ねてくる。

それに対し、俺は白い歯を見せて笑った。

「見ての通りだ。上履きに履き替える必要がなかった」

「それって、つまり……」

「完成したってことだ！」

「やっっっったぁあああああ！」

芽衣子がめちゃくちゃ大きくガッツポーズ。よほど嬉しかったようで、目から涙がこぼれている。これほど派手に喜ぶ彼女の姿を見たのは初めてだ。

「流石の手腕ですわ。お見事です、芽衣子さん」

「お姉ちゃん、すごいよ！　すごいよぉ！」

近くにいた陽奈子とソフィアが拍手する。

芽衣子は「ありがとう」と返し、恥ずかしそうに涙を拭う。

「まだ改善の余地はあるけど、ひとまず靴の作り方はマスターしたわ。陽奈子とソフィアにも作り方を教えるから、今後は三人で協力して全員の靴を作りましょ」

二人は嬉しそうに頷いた。

手芸班は二つの役割に分かれて行動している。

一つは芽衣子による最先端技術の開発だ。何か新しい物を作る時は、まずリーダーの芽衣子が試作品を作り、製造法を確立する。今回の靴作りのように。

確立した製造法で量産するのが二つ目の役割だ。芽衣子から陽奈子とソフィアへ技術が受け継がれる。

　これらは芽衣子が考えたことで、俺は完全にノータッチだ。上手く機能しているし、もはや手芸班のしていることの大半が理解不能なので、口を出すだけ野暮だった。

「篠宮君、お願いがあるんだけど」

「どうした？」

「靴なんだけど、今後は全員に二足ずつ作ろうと思うの」

「上履きじゃ辛いしな、助かるよ。それで？」

「だから素材のゴムが足りなくて」

「そうか。靴を作るのに大量のゴムを使うものな」

「うん。余裕があったら調達してもらってもいいかな？」

「オーケー。ということは、硫黄も必要になるよな？」

「そうだね、お願い」

「任せろ」

　ゴムの調達自体は簡単だ。ゴムの木を削り、「ラテックス」と呼ばれる樹液を採取するだけでいい。ラテックスが固まることでゴムとなる。

　しかし、この状態のゴムは「生ゴム」といって耐久性が低い。

　そこで、生ゴムに硫黄を加えて調整する。硫黄が混ざることで、生ゴムは「弾性ゴム」へ変貌する。この弾性ゴムこそが、世間一般的に「ゴム」と呼ばれる代物だ。

「靴は作業効率に直結するし、今から調達してくるよ」

「だったら私も手伝うよ」

そう言って挙手したのは絵里だ。

「ちょうど仕込みが終わったところだし」

絵里が青銅の鍋に目を向ける。中には色々な具材が入っていた。

「ありがとう、助かるぜ」

「二人共、よろしくお願いね」

「「了解！」」

俺と絵里は芽衣子に敬礼し、アジトをあとにした。

【ゴムの木の下で】

「わりと久しぶりだよね」

森を歩いていると、絵里が話しかけてきた。芽衣子に頼まれた物の調達を終えて帰る道すがらのことだ。

「久しぶりって？」

「こうして二人で外を歩くの」

「言われてみれば、たしかに」

最近の絵里はアジトの中で過ごすことが多い。ウチの料理関連を一手に引き受けているのだから当然だ。

　一方、俺は基本的に外で活動している。

　絵里だけでなく手芸班の面々とも、二人きりになることは殆どなかった。あるとしても、アジトで話している時に限られている。

「作業も早く終わったことだし、近くの川で休憩していくか？」

　なんとなく、絵里がそれを求めているような気がした。

「うん！」

　絵里は嬉しそうに頷く。どうやら俺の気のせいではなかったようだ。

　俺達は進路を変更して川に向かった。

「この川って私の名前と同じ漁で使ってる川だよね」

　川に着くと同時に絵里が訊いてきた。

「そうだよ、エリ漁でお馴染みの川だ」

「でも、仕掛けが見えないね？」

　絵里は水平にした右手を額に当てながら川を見渡す。

「エリのポイントよりも遥か上流に位置しているからな」

「だからなのかな、なんだか別の川に見える」

「川幅とか違うから無理もない。なんだったら釣りでもしていくか？」

　川辺にある大きな岩に腰を下ろした。凹凸の少ない平らな岩で、座り心地がいい。調達した材料は岩の傍に並べておいた。

「ううん、釣りはいいかな」

絵里は俺の左隣に座り、肩をくっつけてきた。

「ゴム、今回の調達分だけで十分かな？」

「どうだろう。ま、足りなかったら補充すればいいさ」

「そっかぁ、そうだよね」

絵里は話を流し、次の話題に移った。

「作業をしていて思ったんだけど、コンドームって、どうして『ゴム』って呼ぶのかな？」

「そりゃゴム製品だからだろう」

「でも、木製バットのことを『木』って呼んだり、財布のことを『革』って呼んだりはしないよね？」

「そんな呼び方をしたとしても通じないからな」

「でしょー？　でも、コンドームは『ゴム』って言うでしょ？　しかもそれで通じるんだよ？　他にもゴム製品はあるのに。不思議じゃない？」

「それもそうだな」

そう言って、俺はクスクスと笑った。

「なんで笑うの？　私、何かおかしかった？」

「実は俺も昔、同じような疑問を抱いたことがあってな。その時のことを思い出した」

「そうなんだ？」

「俺の場合はどうしてゴムと呼ぶかではなく、海外でもゴムと呼ばれているのかどうかが気になったんだ」

「あー、それも気になる！　で、他の国はどうなの？」

「国によって違うよ。例えばアイルランドだと『ジョニー』で伝わるそうだ」

「ジョニー!?　人名じゃん！」

「そうなんだよ。由来は不明だけど、ジョニーって呼んでいるらしい。日本のおっさんがコンドームを『近藤さん』って呼ぶようなものじゃないかな？　たぶん」

「なんだか不思議だね」

それからしばらくの間、俺達は雑談で盛り上がった。

「ねえ、火影君」

絵里が腕に抱きついてきた。弾力満点の胸が押し当てられる。明らかに俺のことを誘っている。イチャイチャしようよ、と。

「ベタベタするのはいいけど、他の人に見られるかもしれないぜ？」

「そうだけど……最近、火影君に相手をしてもらえてなかったから」

絵里がこちらに唇を向ける。キスをねだっているのだ。

俺は周囲の気配を探って、誰もいないことを確認してから唇を重ねた。

「火影君ほどじゃないけど、私だってムラムラするんだから……」

「ああ、どうやらそのようだ」

絵里のキスは情熱的だった。俺の首に両腕を回し、積極的に舌を絡めてくる。よほど溜まっていたのだろう。

「じゃあ、お詫びもかねて気持ち良くなってもらわないとな」

俺は絵里のスカートに右手を突っ込んだ。太ももを優しく撫で回しつつ、時折、パンツ越しに膣の様子も確かめる。キスしかしていないのに、絵里のパンツは既に湿気り始めていた。

「指、舐めて」

「んっ……」

右の中指を絵里に咥えさせる。指を唾液まみれにしたら準備完了だ。

「挿入れるね、指」

パンツの中に指を侵入させ、そのまま膣に挿入する。既に大量の愛液が分泌されていて、膣内はぬるぬるしていた。

「この辺り、いいんじゃないかな？」

中指で膣壁を撫でてみる。

「ああっ」

絵里は俺にギュッと抱きつきながら喘いだ。

「どう？　気持ちいい？」

「そんなの……分かってる……くせに……」

絵里は熱い吐息を俺の耳にかけながら答える。

絵里が俺のポイントを知っているように、俺も絵里がどうすれば感じるのかを熟知している。

ＡＶのように激しく指を動かさずとも、彼女の悦ぶポイントを優しく撫でてやれば――。

「あっ……ああっ！」

あっさりイッた。体をビクンッと震わせ、膣の締まりが強くなる。

「私だけに先に……イッちゃったよぉ……」

恥ずかしそうに顔を赤らめながら、絵里は甘えるような声で言った。

「気にするな。せっかくだからあと五回はイクといい」

その後も俺は指で責め続けた。飽きないように緩急をつけて、一回、二回、三回と、着実に絶頂へ導いていく。そうしてしっかり五回イかせた後、ズボンのファスナーを下ろし、準備万端のペニスをさらけ出した。

「そろそろ俺のことも……な？」

「うん……」

絵里は座り直し、少しだけ離れた。それから上半身を倒し、横からペニスにしゃぶりつく。左手でシコシコしつつ、亀頭を入念に舐め回してきた。

「あー、すっげぇ気持ちいい」

俺の右手が自然と絵里の後頭部に置かれる。優しく彼女の頭を掴み、ゆっくり上下に動かす。

既にギンギンだったペニスが限界を超えて硬くなり、血管が浮き上がった。その滾(たぎ)り具合に相応しい快楽が俺を襲う。

大した時間を要することなく、俺は絶頂に達した。

「口……口に、射精してもいい？」

絵里は俺の目を見ながら小さく頷く。

「あー、でも、顔にぶっかけたいな」

とりあえずその場で立ち上がり、目を瞑って妄想する。

まずは口の中に精液のプールを作って俺を見る絵里の姿。なかなかいい感じだ。ゴックンしているところまで完璧。

次に顔面を精液まみれにされて穢れ果てた絵里の姿。これはこれで素晴らしい。妄想の段階ですら征服感が満たされる。

「どっちがいい？」

あえて絵里の希望と違うほうにしようと企む。彼女が口内射精を望むなら顔射だ。むっとする顔が見たかった。

「口の中に出してほしい？」

絵里がコクコクと頷く。

「そうか、分かった」

俺はニヤリと笑い、射精の直前で彼女の口からペニスを抜く。

絵里が「ちょっ」と驚いている隙に、自らの右手で素早く息子をしごいた。

「ウッ！」

一瞬で射精に至った。ペニスから放たれた大量の精液が、絵里の顔面に降り注ぐ。

彼女の綺麗な顔が精液まみれになって穢れた。我ながら文句なしの命中精度だ。

「もー、火影君……！」

絵里が恨めしげな目で睨んでくる。

「その顔が見たかった」

俺は悪びれる様子もなく返す。

「ほんと、火影君ってSだよね」

絵里は呆れたように言って岩から降り、川の水で顔を洗った。洗い流された精液は下流――

つまりエリ漁の仕掛けがある方へ流れていく。

此処から仕掛けまでには結構な距離があるので問題ないのだが、賢者モード故に「コンマ一パーセント未満の濃度とはいえ、精液を含んでいる川の魚を食うことになるんだよなぁ」などと考えてしまい、一瞬だけ真顔になってしまった。

◇

俺は指で絵里をイかせて、絵里は口で俺をイかせた。

いつもならそこで終わりなのだが、今日の絵里は自己申告の通りムラムラが凄まじく、少しの休憩を挟むと、じきに次の段階へ進んだ。

——セックスだ。

パンッ！　パンッ！　パンッ！

木が乱立する静かな空間に、性器と性器のぶつかる音が響く。

絵里は木に両手を突いて、こちらに尻を突き出している。服やスカートは着用しているが、パンツはずり下ろされていた。

俺は後ろから彼女の腰を押さえ、ガンガン腰を振る。彼女と違い、パンツのみならずズボンまで脱いでいた。誰かに見られたら恥ずかしいどころでは済まない。

「ああっ！　すごいっ、すごいよっ、火影君、あああっ！」

絵里はしきりに「すごい」を連呼しながら喘ぐ。か細い脚がプルプル震えていて、今にもガクッと折れそうだ。

「後ろから立った状態で突かれどんな気分だ？」

「すごいよっ、私……姿勢、維持するのっ、あああっ、精一杯……ああんっ！」

元気を取り戻した我がペニスが、執拗に絵里の子宮を襲う。俺の腰が打ち付けられる度、彼女の脚は震えた。極度の内股になっているので、もう少し突き続けたら崩落するだろう。いや、既に限界を超えているかもしれない。俺のペニスが最後の支えというわけだ。

「まさか絵里が持っているなんてな、コンドーム」

今回のセックスでは、絵里の持っているコンドームを使うことにした。そう、驚くことに彼

女はコンドームを持っていたのだ。

　絵里のコンドームは、俺の愛用しているLサイズの物とは異なる。ノーマルサイズの安物だった。

　彼女によるとパパ活時代の名残らしい。パパ活で実際にセックスをしたことはないし、する予定もないけれど、性欲を暴走させたおっさんに無理矢理ヤられる可能性があった。そんな時に生でされて妊娠しては困るということで、念の為に持ち歩いていたそうだ。

「どうだ、人生初のセックスは」

　絵里にとって今回が初めてのセックスとなる。

　その為、彼女の太ももからは一筋の血が流れていた。俺のペニスによって処女膜が突き破られたのだ。

「火影君、もう駄目、イク、イッちゃうってば」

「既に何度もイッてるだろ」

「そう、だけど、あぁぁっ！」

　絵里は倒れまいと必死に耐えている。もはや喘ぐのもやっとな状況だ。ペニスを抜けばあっさりへたりこむだろう。

（そろそろ俺も限界だな）

　できれば他の体位も試したかったが、その余裕はない。体力的にも、時間的にも。後ろから突くのが楽しすぎて、つい我を忘れてハッスルし過ぎた。

「俺もそろそろイッちゃいそう。イッてもいい？」

「い……いい……よ」

「できれば絵里の全身にぶっかけたいが……」

「それは……はぁ、はぁ、だ……だめ……」

「分かってるよ。服を汚すとあとが大変だからな。それに、顔にはもうぶっかけた。初めてのセックスだし、今回は大人しくゴムに出すよ」

コンドームの安心感は凄まじい。うっかり射精しても問題ないのだから、こうして限界の中の限界まで楽しむことができる。

「火影君……私、もう、頭、グチャグチャ、だよ、あああっ」

「俺もだ、絵里。出すぞ！」

「うん……！」

ラストスパートだ。俺は腰の振り方を変えた。

今までは子宮を押し込むくらいに深く重い一撃に終始していた。絵里が最も快楽に浸れる突き方だ。

ここからは腰の振りを小刻みにする。刺激を亀頭に集中させることで、ペニスに与える快感を高める狙いだ。

すると、あっという間にその時がやってきた。奥底に眠っていた精液が、駆け抜けるようにして上がってくる。

ドクンッ！

ペニスが大きく脈打った。それと同時に全身の力が抜けていく。

この世界で何度となく経験してきた感覚だ。

「嗚呼、イッちまった……！」

絵里の膣内で、俺は射精した。大量に。パンパンに膨らんだゴムの液溜めを見るのが楽しみだ。

「はぁ……はぁ……もう……だめ……」

俺のペニスが萎れると、絵里はその場に崩落した。喋る気力すら残っておらず、必死に呼吸を整えている。

「さてさて、どれだけの精液が溜まっ――！」

俺は満足顔でご自慢の息子に目を向け、そして、唖然とした。

「これは……」

衝撃が走った。顔が真っ青になる。血の気が引いていくのが分かった。

絵里は気づいていない。木に額を当てて、しばらく動けそうにない様子。

「絵里、絵里」

俺は引きつった顔で彼女の名を呼ぶ。

「ふぁ……い……」

絵里は虚ろな目で振り返る。俺が手に持っている物を見て、表情をハッとさせた。

「火影君、それ……」

「ああ……」

俺が持っているのは、ただいま使用したコンドーム。

本来ならパンパンに膨らんだ液溜めがあるはずの避妊具である。

だが、しかし。

「見ての通りだ……」

コンドームには精液が溜まっていなかったのだ。

俺はたしかに射精した。我ながら感動するほどの量を。たっぷりと。

なのに、精液は欠片も溜まっていない。

「破れていた……ようだ……」

コンドームの先端部には、本来あるはずの液溜めがなくなっていた。物の見事に破れている。

どのタイミングでそうなったのかは分からない。射精時なのか、それよりも前なのか。

なんにせよ、言えることは一つだけだ。

「えっ、じゃあ、もしかして……」

「そう。絵里の膣内（なか）に、俺の精液が大量に入ってしまった」

避妊失敗だ。

◇

帰路に就く。

俺達はなんとも言えない空気になっていた。

「子供ができたらどうしよう」

「産むしかないさ。この環境で子育ては大変だが」

「でも、一回のセックスで妊娠なんてしないよね」

「妊娠する確率はそれほど高くないって言うからな」

こんな会話が何度も繰り返された。

「「…………」」

気を抜くと気まずい沈黙が場を包む。本当になんとも言えない空気だ。おそらくここが異世界でなければ、俺達はしばらくの間、不安や恐怖に駆られていただろう。青白い顔で血眼になって「アフターピル」について調べていたはずだ。

しかし、この世界で鍛えられた俺達は、それほど狼狽えなかった。楽観視しているのではない。現実を直視し、受け入れているのだ。

「どんな環境になっても適応していくしかないさ」

「そうだね」

起きてもいないことで悩んでも仕方ない。

この世界で生き抜く為には、今という時間が大事なのだ。

妊娠したらしたで、その時になってから対応を検討すればいい。

絵里も同じように考えている。だから彼女はこう言った。

「今回はこんなことになっちゃったけど、またセックスしようね」

「いいけど、今度は念を入れて上の口に出させてもらうよ」

「そうだね、コンドームを過信するのはダメって学んだ」

「それにしても、どうして破れたんだろうな」

「きっと火影君のアレが大きすぎたからだよ」

「そうなのかな」

視線を息子に向ける。

俺達の会話を盗み聞きしたのか、愚息はむくむくと存在感をアピールしていた。

「……絵里」

「ん？」

「こんな話をしてたら、またムラムラしてきた」

「えっ、また？」

「想像したら上の口に出したくなってきた」

「しょうがないなぁ……」

俺達は荷物を傍に置き、二回戦に突入した。

今度はゴムをつけずにズコバコして、上の口にフィニッシュする。

もしも膣内で暴発射精をしたらどうしよう、という不安はなかった。先ほど中出ししたのだから生でも問題ないだろう。圧倒的なまでの性欲が、一切のネガティブな感情をねじ伏せていた。

我ながら性欲に支配されているな、と思った。

【牛追い】

日が明けて、八月二十九日がやってきた。

暑さは次第に弱まってきており、新たな季節の訪れを予感させる。

この島の八月は日本と同じで暑かった。暑さのタイプも日本と似ていたことから、この島特有の気候にやられるといった事態には陥っていない。

むしろ、日本に比べて快適に過ごせていたほどだ。

平均気温が日本よりも低かった。体感ではあるけれど、最も暑かった日ですら、最高気温は三十度あったかどうかだ。

最近の日本は軽々と三十五度を超えてくる。もはや暑いという次元ではなく、呼吸するのも一苦労なほどだ。

なので、「この世界は快適だなぁ」と呑気に過ごすことができた。

気温といえば、今のところ昼夜の寒暖差がそれほどないのも特徴的だ。

この島の場合、昼夜の温度差は激しくても五度前後。アジトの中に涼しい場所が多いことも相まって、気温の面で不快感を抱いたことはない。

地球だと、地域によっては寒暖差の激しい場所が存在していた。外国のどこかでは、昼は四十度を超えるのに、夜は一桁台まで下がることもあるという。

これから先も二十度半ばで安定しているといいが、果たしてどうなるやら。

そんなことを思いながら、朝食後、俺はいつもの如く指示を出す。

「今日は大きく分けて二つの作業に取り組もうと思う」

「ほう？　二つでござるか」

田中がメガネをクイッとする。その際、上手くメガネを触れず、自身の右目を突いて「うがぁ」と悲鳴を上げた。

それを見た俺達は「なにやってんだ、ドジだなぁ田中は！　わっはっは！」と大爆笑――とはいかず、呆れ顔になる。

「田中ぁ、そのネタ何度目だよ！」と亜里砂。

「グッ、通じないでござるか……」

「そりゃ一回目はウケたけどさぁ」

俺達は揃って頷いた。

田中が初めて今回のネタを披露したのは、しばらく前のことになる。

最初はわざとだと気づかなくて、俺達は「間抜けか！」と腹を抱えて笑った。特に絵里はウケていて、目の端に涙を浮かべたほどだ。

しかし、この大ウケがよろしくなかった。それ以降、田中はしばしば同じネタを繰り出すようになったのだ。一回目は大ウケだった俺達も、二回目は「またそれかよ！」と軽く笑う程度となり、数を重ねるごとに冷めていった。

「火影、続きを話してもらってもいいかな？」

花梨が先を促す。

俺は「そうだな」と同意し、田中を無視して話し始めた。

「知っての通り手芸班がスニーカーを作れるようになった。靴は作業効率を向上させ、怪我のリスクを減らす。だから率先して導入していきたい。そこで、吉岡田と影山」

「はい、どうぞ！」

「はいでやんす！」

「お前達はゴムの木を削ってラテックスの採取を頼む。細かいことは影山が知っているから、吉岡田は影山に教わるといい。二人は芽衣子の指揮下に入り、追加の作業等については彼女の指示に従ってくれ」

まずは靴の製作グループから。

芽衣子をリーダーとし、陽奈子とソフィア、それに吉岡田と影山で取り組む。朝倉姉妹とソフィアが靴を作り、残りの二人が材料の調達を行う。

「次に放牧エリアと畜産の拡大に取り組む」

「畜産！　牛！　豚！　鶏ィ！」

　亜里砂が叫んだ。早くも食べることを考えているようで、舌舐めずりをしている。

「花梨と亜里砂は用意してある加工済みの木材で柵を作ってくれ。柵の中で牛などの放牧を行う。これが畜産の第一歩だ」

「「了解！」」

「マッスル高橋、お前は木の伐採だ。これまでにも伐採してもらってきたが、それでも木材は足りていない。まだまだ必要だ。だから、アジトの上……水田や小麦畑の近くにある木を中心に、これまでと同じ調子でばっさばっさと頼む」

「任せるでマッスル！」

　俺は視線を田中に向ける。

「田中、お前には木の加工をお願いしたい。均一的なサイズでカットし、青銅のヤスリをつかって滑らかに仕上げるんだ。質より量を優先したいから、ヤスリがけは最低限でかまわない。できそうか？」

「誰に言っているでござる、そのセリフ」

　田中は眼鏡を外し、閉じた右目を撫でながら言う。どうやら先ほどのド滑りネタで目を負傷してしまったようだ。馬鹿である。

「問題ないなら任せるとしよう。一人の作業で寂しいと思うが、新しいネタを考えるなどして気を紛らわせてくれ」

「任せるでござるよ！」

俺は「よし」と頷く。

「今のメンバーが木の柵を作製するグループだ。リーダーは花梨に一任するから、彼女の指示に従って行動するように」

これで残すは四人。

俺、愛菜、絵里、天音だ。

「絵里は……」

「調理担当でしょ？」

絵里が俺の言葉を先読みして笑みを浮かべる。

「そうだ。いつも料理ばかりですまないな」

「全然！　だって私は篠宮チームの総料理長だもん！」

誇らしげに自分の胸を叩く絵里。

ご立派な彼女の胸は、その手をぼよよんと弾き返した。

「えー！　亜里砂チームだろぉ！」

亜里砂が妙なところで食いつく。

「どう見たって篠宮チームでしょ！」

「ちぇ、仕方ないなぁ！」

亜里砂は笑いながら唇を尖らせた。

「むしろ亜里砂チームになる要素ある？」と花梨。

「あるし！」

「ないない」

皆が声を上げて笑った。

「絵里には料理全般を頑張ってもらうとして、残りの三人……俺、愛菜、天音は牛の確保に向かう。厳密には俺と愛菜がアジトまで牛を誘導するから、天音には俺達が安全に作業できるよう、周囲の警戒や他所の偵察なんかをお願いしたい」

「りょー！」と手を挙げる愛菜。

「承知した」

「愛菜、猿軍団から何匹か俺達につけてくれ。四匹もいれば問題ない」

「任せて！　残りはどうするの？」

「いつも通り農作業で」

これで全員の指示が終わった。

最後に作業内容を再確認してから、俺は右手を突き上げた。

「さぁ、今日も張り切っていこう！」

「「「「おおー！」」」」

◇

愛菜と天音を連れて、俺は北に向かっていた。

「ここからは別行動だ」

朝倉洞窟を越えてしばらくしたところで天音が言った。先行して索敵と警戒を行い、安全を確保してくれるようだ。

「分かった。よろしく」

「何かあればすぐに知らせる。では」

言うなり天音は走り出す。あっという間に後ろ姿が消えた。

「二人になったね」

愛菜が腕を組んでくる。

「二人だけど……今日はゴニョゴニョできないな」

「だねー」

人間は二人でも、その他に四匹の猿が同行している。猿軍団の中でも指折りのエリートらしい。愛菜がそう言っていた。俺には違いが分からない。

「また今度、二人だけの時間を作ってよ」

愛菜が上目遣いで俺を見る。濁した言い方だが、要するにイチャイチャのお誘いだ。キスしたり、手や口を駆使して気持ち良くなったりしたいとのこと。

「欲求不満なのか？　エロい女だ」

「そういう風にしちゃったのは火影でしょ？　責任とってよね」

「仕方ないな――おっ？」

俺は前方を指す。目的地の草原が広がっていた。

かつて皇城達が拠点にしていた丘の西北西に位置する草原だ。

あちらこちらに牛の姿が見える。ストレスを感じさせないのほほんとした様子で、快適そうに暮らしている。此処の牛がピリピリするのは肉食動物が襲ってきた時くらいだろう。

「二手に分かれて作業しよう。最低でも二頭は連れて帰るぞ」

「分かった！　シュルツとフィーザーは火影に従って！」

愛菜が指示を出すと、二匹の猿が「ウキキ！」と頷いた。その二匹がシュルツとフィーザーのようだ。

やはり違いが分からなかった。どちらも同じ顔に見えるし、体格だって変わりない。猿の中で違いが分かるのは、ボス猿のリータくらいだ。

ま、どちらがシュルツでどちらがフィーザーだろうと関係ない。

「俺が後ろから追い立てる。お前達は牛が横道へ逸れないよう威嚇してくれ」

「ウキャァアアアアアア！」

「ウキィイイイイイイ！」

俺に向かって吠える猿共。歯をむき出しにして威圧的だ。

「俺を威嚇するんじゃねぇ、牛を威嚇するんだよ」

「「ウキッキッキ♪」」

猿共は笑いながら鼻クソをほじくっている。命令には従うが、舐め腐った態度は貫くようだ。

ボス猿のリータを彷彿させる。とはいえ、仕事ぶりが有能なのは間違いないので、大目に見てやるとしよう。

「さて、どの牛にしようかな」

まずはターゲットの選定だ。

「ウキッキィ」

シュツルかフィーザーのどちらかが斜め前方を指す。

そこには三頭の牛が仲良く並んで歩いていた。

「よし、あの三頭にしよう。上手くいけば一気に三頭ゲットだ」

「「ウキッ！」」

「ミッションスタートだ！」

俺は二匹の猿と協力して、三方から牛を囲む。

「オラァアアアアアア！」

「ウキヤァアアアアアア！」

「ウキィイイイイイイ！」

全力で吠えて牛を驚かせる。

三頭の牛は散り散りになって逃げようとする。

「ばらけさせるな！」

「「ウキキッ！」」

　猿共が左右から吠えて、牛の走る方向を揃えさせる。

　牛は怯えて逃げるのみ。一般的な乳牛なので安心だ。闘牛のように襲い掛かってくることはない。もし反転攻勢に打って出られたら、俺や猿共に為す術はないだろう。

「いいよ！　その調子！　ほら走った走った！」

　愛菜も同じように牛を追い立てていた。俺に比べると控え目だ。それでもしっかり誘導できているあたり、彼女の動物に対するコミュ力の高さが窺える。

「いい感じだ！　この距離をキープするぞ！　下手するなよ！」

「「ウキキー！」」

　作業が始まると猿共は真面目になっていた。鼻クソをほじくるようなことはなく、牛と並走しながら威嚇の咆哮を繰り出している。猿軍団の中でもエリートというだけあって、その働きぶりは非の打ち所がない。

「そろそろペースダウンしてくれてもいい頃だが……なかなか粘るな」

　牛の走るスピードは決して遅くない。ゆっくり進む「牛歩戦術」という言葉があるけれど、それは歩行の話だ。逃げる為に走る牛は普通に速くて、こちらも気張る必要がある。

「スニーカーが完成していなかったら辛かったな……」

　芽衣子の作った靴のおかげで快適に走れている。うっかり小石を踏まないか気をつける必要はないし、速度を維持するのも容易い。足に伝わる衝撃で顔を歪めることもないから、安心して牛を追い立てることができた。

「この様子なら楽勝だな」

「「ウキキィ！」」

牛追いに慣れてきて、気が緩み始める。

その時、問題が発生した。

「モォオオオオオオオオオ」

「あっ」

「「ウキ!?」」

俺らの追い立てる三頭の内、一頭がコースアウトしたのだ。進路方向にそびえる太い木を避けようとしたところで、別の方向に逃げることが可能だと気づいてしまった。

猿共が「どうしよう」と言いたげな顔で見てくる。

「無視しろ！　残りの二頭を確実に誘導するぞ！」

「「ウキッ！」」

牛の数が減ったことで、牛追いの難易度が大きく下がった。

その後は脱線を許すことなく、着実にアジトへ近づいていった。俺は途中で息切れするかと思ったが、どうにかそうはならずに済んだ。むしろ、牛のほうが先に息切れし、観念して歩き始めた。

「おっ、見えてきたぞ」

アジトでは既に受け入れ態勢が整っていた。

「うおおおおおお！　火影、一気に二頭かよ！　すげぇ！」

亜里砂が俺を見て叫んだ。

「流石ね、火影。柵の準備はできているよ」

花梨も感心している。

「あとは任せるでマッスル！」

マッスル高橋と協力して、二頭の牛を柵の中へ誘導する。どちらも逃げる気が失せている為、なんの苦労もしなかった。

「えぇええぇ!?　二頭同時に!?　一頭でも大変だったのに！」

俺から遅れること十分程で、愛菜も帰ってきた。天音も一緒だ。

彼女のほうは一頭だけだ。道中で打ち解けたようで、すっかり愛菜に懐いていた。お供の猿とも親しげだ。

「それにしてもいい感じの柵だな。思ったより早く完成していたから驚いたよ」

「そう？　流石に朝から夕方まで作業したら余裕だと思うけど」

花梨が不思議そうな顔をする。

「えっ、もうそんな時間なのか」

いつの間にやら日が暮れ始めていた。茜色の空を見て正しい時刻を認識する。てっきりまだ昼頃だと思っていた。

「火影と愛菜、それに天音は損したなぁ。今日のお昼ご飯は豪華だったのにさぁ！」

亜里砂がニヤニヤしながら言う。

「たしかに絵里特製の昼メシにありつけなかったのは残念だな」

作業が落ち着いたことで急激にお腹が空いてきた。アジトに戻ったら、晩ご飯の前に何かつまむとしよう。

「なんにせよ、これで三頭の乳牛を確保した。明日はニワトリを捕まえよう。そうすれば、牛乳と鶏卵が食材に加わるぞ。料理革命、再びだ！」

皆が「うおおおお！」と沸き上がった。

【花梨のお誘い】

「ちょっといいかな？」

焚き火の前に座って、夕食を作る絵里の後ろ姿を眺めていると、花梨に声をかけられた。

「どうかしたのか？」

俺は答えながら立ち上がる。

「外、散歩しない？」

「散歩？」

次の瞬間、女性陣の視線がこちらに集中した。

俺と女性陣の間で、「散歩」は「淫らな行為」の隠語になっている。もちろん、散歩というワードをそんな意味で使おうと決めたわけではない。ただ、衆目の中で誘いやすい口実となれば散歩が適切だった。

「散歩？　いいじゃん、一緒に行こうぜー！」

答えたのは亜里砂だ。女性陣の中で唯一、彼女だけは散歩の裏の意味を知らない。

「んー、私は火影と二人で散歩したい気分かも」

花梨は表情を変えずに返す。

「おいおい、デートのお誘いかよぉ！」

「そんな感じ」

「否定しないのかよっ！　だったら仕方ないなぁ！」

亜里砂はあっさり引き下がった。

このやり取りを聞いていたからか、他のメンバーは何も言わない。いや、何か言いたくても言えない、というのが正確なところか。女子だけでなく男子も静かだ。誰もが聞き耳を立てている。

「別にいいけど、外を散歩するのか？　もうじき夜になるぞ」

「うん。だからちょうどいいかなって」

「ちょうどいい？」

俺は首を傾げる。花梨の言葉の意味が分からなかった。

いくらこの島の安全度が高いとはいえ、夜に外でハッスルするのは危険だ。そのことが分からないほど彼女は馬鹿ではない。

「別に変なことをするわけじゃないからね」

「普通に散歩するわけか」

「普通じゃない散歩とかあるの？」

花梨がニヤリと笑う。分かっていて言っている。

亜里砂以外の女性陣が何食わぬ顔で目を逸らした。

「い、いや、別に。よし！　散歩しよう！」

話がややこしくなる前に、俺は花梨と二人でアジトを出た。

花梨の用件が何かすぐに分かった。

「いい感じだと思うけど……どうかな？」

「綺麗に撮れていると思うぜ」

「だよね。よかった」

風景撮影だ。

彼女は自分のスマホを使って夕暮れの島を撮影していた。海岸、森、田畑……色々な風景を撮っていく。

俺の役目はボディーガードだ。

「二人きりになりたかったのは効率良く歩き回る為だったか」

「そういうこと。人数が増えるとどうしても動きが鈍るからね」

俺達は森に足を踏み入れた。

夜が迫りつつある森の中はしんしんとしていて、活動する野生動物の顔ぶれが変わりつつあった。シマリスをはじめとする昼行性の小動物は、いそいそと穴の中に身を潜めている。

「でもね、それだけが理由じゃないの、二人きりになりたかったのは」

「そうなのか？　他には何があるんだ？」

「亜里砂が言っていた通り」

「デートってことか」

「たまにはエッチなことをしないデートもいいかなって。火影は不満だろうけど」

「そうでもないさ。俺だって性欲以外の動力源を備えているんだ」

「本当に？」

「たぶん本当だ」

「たぶんって」

花梨は口に手を当てて笑う。

「自信がないからたぶんだ――おっ、あれなんか撮影に向いているんじゃないか？」

俺は前方にある木を指す。

木の下で二匹の猿が交尾に耽っていた。メスが四つん這いになり、オスはその後ろで激しく腰を振っている。

「たしかに貴重なシーンね」

花梨がスマホを猿に向けて、カメラのピントを合わせた。

「俺達より遥かに激しいぜ。凄まじいセックスだ」

「私達は手と口だけでセックスはしていないもんね」

「あ、あぁ、そうだな」

返事がぎこちなくなってしまう。花梨はしていなくとも、俺はセックスをしている。絵里に芽衣子に天音、ソフィアともヤッた。そこに妙な後ろめたさがある。悪いことをしているわけではないのに。

「写真じゃなくて動画で撮影してみたけど、どうかな？」

花梨がスマホを見せてきた。こちらに気づくことなく腰を振っているオス猿の姿がよく撮れている。まんざらでもない様子のメス猿も捉えていた。いい感じだ。

「文句の付けようがない。花梨ってカメラの撮影スキルが高いよな」

「そうかな？」

「なんだかプロが撮影しているようだ」

風景から猿の交尾まで、どれもよく撮れている。

「ありがとう、そう言ってもらえると嬉しい」

花梨は恥ずかしそうに笑うと、腕を絡めてきた。

「せっかくだし、どこかで一緒に撮影しようよ」

「一緒に？」

「うん。これを使って」

花梨が懐から棒を取り出した。

「懐かしいな、そのアイテム。名前なんだっけ」

「自撮り棒だよ」

「そういえばそんな名前だったな」

自撮り棒は、この世界に来てすぐの頃に活躍した。木の上から突き出して、海の向こうにある島を撮影するのに。

しかし、それ以降はすっかり鳴りを潜めていて、最近では存在を失念していた。

「今度は正しい使い方で使うわけだな」

「そういうこと」

花梨は自撮り棒を俺に渡し、こちらを見て言う。

「どこで撮影するのがいいかな？　映えるスポットみたいなの知らない？」

「そうだなぁ」

受け取った自撮り棒を尻ポケットに突き刺しながら考える。

「そうだ！　一つあるぞ」

良い場所を閃いた。

「おお、どこ？」

「まだ内緒だ。でも、きっと気に入るぜ。ここからそう遠くないし案内するよ」

進路方向を変える。

その際、交尾に夢中のオス猿と目が合った。

「ウキッ！」

オス猿は親指をグッと立たせて、こちらに歯を見せる。きっと「お前達も今から一発ヤるんだろ？　楽しめよ」とでも言っているに違いない。

花梨も同じように捉えたらしく、俺達は揃って苦笑いを浮かべた。

◇

目的地に到着した。

「ここなんかどうだろう？」

「すごくいいと思う！」

「気に入ってもらえてよかったよ。ワタは見映えがいいと思ったんだ」

俺達がやってきたのは綿花畑だ。純白の木綿を纏ったワタが、夏の終わりを告げるように咲き誇っていた。

「こんな場所があったんだ！」

「見つけたのは二・三週間前のことだけどな。あえて教える程でもないかと思って、手芸班の三人と絵里にしか言っていなかった」

茜色の空の下で花梨が綿花畑を駆け回る。その後ろ姿には得も言えぬノスタルジックな雰囲気が漂っていて、思わず息を呑んだ。

「ここで一緒に撮ろうよ」

花梨が寄ってくる。

「オーケー」

俺は自撮り棒を取り出した。

「そういえばこれ、どうして俺に渡したんだ？」

そう尋ねながら自撮り棒を花梨に返す。

「なんとなく。渡す必要なかったよね」

花梨が自撮り棒にスマホを装着した。

「渡すなら今だな」

「あはは、そうだね」

再び花梨から自撮り棒を受け取る。

それを使って、綿花畑を背景に花梨との記念撮影に臨んだ。

「撮影ボタンを押してもいいかな？」

スマホを見ながら訊く。画面には並んで立っている俺達の姿が映っていた。

「んー、ただ突っ立っているだけなのは微妙かも」

花梨が腕に抱きついてくる。

「これでいい感じだと思う」

「まるで熱々のカップルだな」

「それを意識してみた。嫌だった？」

「嫌なわけがない」

俺は自撮り棒のボタンを押した。カシャッと音が鳴り、撮影が完了する。

「よかったら他にもあと何枚か撮影していい？　記念に残したくて」

「それくらいなら時間もかからないし大丈夫だよ」

花梨の望む構図で追加の撮影を行っていく。どれも俺と花梨が写っており、こちらまで恥ずかしくなるようなラブラブしたものが多い。

撮影が終わったら改めて写真を確認した。

「いい写真ばかりだな」

「そうだけど……」

花梨の表情は暗い。

「どうかしたのか？」

「なんだか火影を独占し過ぎた感じがして、皆に申し訳ないなって」

「独占し過ぎとは思わないけど。別に大人気商品ってわけじゃないし、俺」

花梨は笑いつつ、「そうかな？」と俺の目を見る。

「仮に独占し過ぎているとしても、たまにはいいんじゃないか」

「だったらいいけど」

花梨はスマホと自撮り棒を懐にしまい、手を繋いできた。

「たまにはってことで、手を繋いでアジトに戻ろうよ」

「いいぜ。それにしても花梨、今日は妙に甘えん坊というか、ベタベタしてくるな」

「二人きりだからね」

俺達は綿花畑に背を向け、帰路に就いた。

◇

「思ったんだけど、ワタからも油が採れるんじゃないの？」

帰りの道中で花梨が尋ねてきた。

「ああ、可能だぜ。綿実油（めんじつゆ）ってやつだな」

「ウチでは使ってないよね？」

「そうだな。ウチは基本的にオリーブオイルだ」

「綿実油は使わないの？　作るのが難しいとか？」

「そんなことないよ。オリーブオイルと綿実油の作り方は大して変わらない。平たく言えば圧搾してろ過すればいいだけだから」

「ならどうして？」

「絵里が必要としないから使っていないだけだ。調理に使う油を決めるのは彼女だからな。その理由については推測になるけど、たぶん最初に使ったのがオリーブオイルだったから、それに馴染んじゃってわざわざ綿実油を使おうと思わないのかも」

「そうなんだ」

「あと、作り方は同じでも、綿実油のほうが作業時間がかかる。そういった点も理由に含まれているんだと思う。オリーブオイルですらまともな量を確保するのは難しいし」

「なるほど」

「そんなわけだから、ウチでは今後もオリーブオイルが主流に——」

俺は会話を打ち切り、花梨の前に腕を伸ばした。

「待て、花梨」

あえて言うまでもなく、花梨は足を止めていた。顔が引きつっている。視線は地面のある一点に集中していた。

「火影、あれって……人の手？」

「それにしては小さすぎる気がするが」

地面から泥まみれの手が生えていた。俺達の手よりも遥かに小さい。小学校低学年、いや、幼稚園児と思しき者の手だ。

「もしかして、生き埋め？」

俺達は警戒しながら近づいていく。

「分からないが、とにかく掘り起こしてみよう」

近くに落ちていた木の棒を拾う。

それを使って、地面から生えている手の周辺を掘る。棒を使うのは警戒しているからだ。

「これは……」

掘り進めると腕が露わになってきた。

「やっぱり生き埋めじゃない？」

花梨の顔が青くなる。

一方、俺は安堵していた。謎の手の正体が分かったからだ。

「花梨、これは人間じゃないぞ」

「え？　そうなの？　子供の手に見えるけど」

「ところがどっこい、違うんだ。まぁ見てな」

俺は木の棒を使い、謎の手をペチペチ叩く。

何度か叩いていると、その手はピクピクと震え始めた。

「起きろ！」

少し強めに叩く。

次の瞬間、謎の手はバタバタと動き出し、地中に伏せていた動物がくるりと体をひっくり返した。

園児のような手をするその動物の正体は――アルマジロだ。

「アルマジロだったの!?」

「どうやら寝相の悪い寝坊助さんだったようだ」

「すごい寝相ね……」

「人じゃなくてホッとしたぜ」

アルマジロは一日の大半を寝て過ごす動物だ。防衛手段として体を丸めることがあるけれど、寝る時は先ほどのような間の抜けた格好になることも多い。

「さっきまで不気味に感じていたけど……」

「かなり可愛いだろ？」

「だね」

アルマジロはこちらに顔を向けながら、うろうろと歩いている。嗅覚特化の動物であり視力は非常に低いから、おそらく俺達のことは見えていないはずだ。普段はその嗅覚を活かして、土の中に潜むアリやミミズといった昆虫を喰らって生活している。

「連れて帰るか、このアルマジロ」

「ペットにするってこと？」

「いや、畑の近くに放せば虫除けになるんじゃないかと思ってな」

「合鴨みたいに？」

「そうそう。アルマジロは虫を食う動物だから、害虫駆除の役に立つかもしれない」

「面白いアイデアだね。いいと思う。上手くいかなくても問題ないだろうし」

「そういうことだ」

俺はアルマジロを両手で持ち上げる。それほど大きくはないけれど、ずっしりとした重さがあった。

アルマジロは大人しくしており、暴れる気配がなかった。

「掴まれても抵抗しないんだ？」

花梨が不思議そうにアルマジロを見ている。

「どうやらそうみたいだ」

寝起きだからなのか、それともこう見えて抵抗しているのか。とにかく、アジトまで運ぶのに苦労することはないだろう。

「あ、待って。せっかくだし、これも記念に一枚撮らせて」

花梨はスマホを取り出し、俺の数メートル先に立つ。

「いい感じの笑顔を作って」

「おうよ」

俺はニィと白い歯を見せる。だが、その表情はよろしくなかったみたいだ。

花梨が「んー」と眉間に皺を寄せる。

「もう少し自然な笑みにならない？」

「自然に笑っているつもりだが」

「うーん……」

花梨は少し考えた後、表情をハッとさせた。

「想像してみて」

「想像？　何をだ」

「裸の私にエッチな命令をしているところ。どうせなら首輪を装着させたり四つん這いにさせたりしてみる？　私のお尻に片足を置いてもいいかも」

「おいおい、俺はそんな変態な趣味は持ってないぜ」

そう言った瞬間、花梨のスマホがカシャッと鳴った。

「ありがと、すごくいい笑顔で撮影できたよ」

花梨が撮れたてホヤホヤの写真を見せてくる。

悲しいことに、たしかにすごくいい笑顔になっていた。

しかし――。

「おい、この写真はまずいだろ！」

「えっ」

「分からないのか？　見てみろ、ここ」

俺は写真の一部分——股間を指す。分かりやすく勃起していた。

「アルマジロを抱えて笑顔で勃起してるじゃねぇか！」

花梨が「ぷっ」と吹き出し、腹を抱えて笑い転げた。

「いいじゃん、変態らしさ満載で。記念写真にぴったりだね」

「……他の人には絶対に見せるんじゃないぞ？」

「どーしよっかなぁ」

花梨がニヤニヤしながら歩きだす。

「やれやれ、とんだ災難だぜ」

俺はため息をつきながら後ろに続く。

アルマジロはなんとも言えない顔で俺を見ていた。

【白レグの捕獲】

次の日、俺達はニワトリの捕獲に取りかかった。

牛に比べると楽な作業になることが予想されるけれど、それでも油断しない。

メンツは昨日と同じだ。天音に先行してもらいつつ、愛菜と共に現地へ向かう。

ただ、四匹の猿は同行していない。牛と違って進路を調整する必要がないからだ。

「なんだか今週は短く感じるねー。今日が金曜日とは思えないよ」

愛菜が周辺を見渡す。

「月曜日と火曜日が休日みたいなものだったからな」

俺も周囲に目を向ける。代わり映えのしない木々が並んでいるだけだ。こういう場所を歩いていると、蚊がいないことのありがたみを実感する。

この島で快適に過ごせている最大の要因が蚊の不在だ。蚊が媒介する感染症は危険なものが多く、それによって死ぬことも珍しくない。現代の地球ですら、年に数十万という人間が蚊のせいで命を落としている。

「火影、明日は何する予定なの？」

「特に考えていないな。土曜日だからのんびり過ごすよ、たぶん」

今週は水・木・金しかまともに働いていない。月曜日は水野の帰還を待っていて、火曜日も自由に行動していた。なので少し働き足りない……というか、この程度の労働で大丈夫なのだろうか、などと妙な不安を抱いてしまう。

「愛菜は何か予定あるのか？」

「ううん、あたしも未定。久々に勉強でもしようかな」

「勉強だって？」

「教科書はあるわけだし、勉強しようと思えばできるじゃん」

「そうだな」

「だからね、日本へ戻った時に備えて勉強しようかなって」

「いいんじゃないか。花梨やソフィアも寝る前に教科書を読んでいるものな」

「ま、言っただけで実際にはしないんだけどね」

愛菜が舌を出して笑う。

「なんだそら」

と言いつつ、ふと思った。

「勉強か……考えたこともなかったな」

「火影は勉強嫌いだもんね」

「だな」

昔から勉強は嫌いだ。必死に勉強をするのはテスト前だけ。故に成績も微妙だ。

「話が変わるんだけど、捕獲するニワトリって何かすごい種類なんだよね？」

「普通の白レグだから大したことないよ。ただ、初っ端から白レグを捕獲できることがすごいんだ。変な言い方になるけど伝わっているかな？」

「ニワトリの種類自体は珍しくないけど、それが自然界に存在しているのはすごいってことでいいの？」

「そういうこと」

白レグとは、白色レグホンという品種の略称だ。

ニワトリと聞いてイメージされる鶏はおそらく二種類。胴体が茶色か白色の個体だろう。

その内、白いほうが白レグだ。真っ赤な頭に白い体が特徴的である。

白レグは度重なる品種改良の末に誕生した鶏だ。その為、そこらに野生の白レグがウロウロしている……ということはない。地球だと。

ところが、この世界には野生の白レグが棲息している。似た見た目の新種などではなく、まごうことなき白レグなのだ。

つまり、そいつを捕獲すれば、直ちに日本と同レベルの鶏卵にありつける。

「ニワトリを捕獲するのって、昨日の牛追いより楽なんだよね？」

「ああ、遥かに楽だよ。この籠にぶちこんで持ち帰ればいい」

俺は背負っている竹の籠を指す。大きめで、だいぶ前に朝倉姉妹が作ってくれた。同じ物を愛菜も背負っている。

「じゃあさ、少し……いい？」

愛菜が視線をスライドさせる。

視線の先には小さな洞窟があった。名前のない洞窟だ。

この洞窟は過去に何度か利用したことがある。中には何もなく、場所柄か動物のねぐらにもなっていない。主に日差しを避けて水分補給をする際に使っている。

「それはどういう意味かな？」

俺はニヤニヤしながら尋ねる。

愛菜は「分かってるくせに」と頬を膨らませた。それから体を密着させてきて、さりげなく俺の太ももに指を這わせる。ズボン越しにペニスを撫でて、上目遣いで言う。

「ダメ？」

「仕方ないなぁ、ちょっとだけだぞ」

などと言っているが、俺も乗り気になっていた。眠っていた愚息が目を覚まし、「おっ？出番か？」と言いたげにムクムクしている。

「女の性的欲求を解消してやるのもリーダーの仕事だからな」

「なにそれ、ヤリチンみたいな発言！　キモ！」

「それなら何もしないでおくか？」

愛菜が恨めしげに俺を睨みつつ、恥ずかしそうに俯きながら言う。

「……する」

「素直でよろしい」

俺は愛菜の腰に腕を回し、名も無き洞窟に向かった。

洞窟に入るなり、愛菜を壁に押し付けてキスする。強引に舌を絡めた後、胸を揉みながら首筋を舐めた。

「ちょっ、火影、いきなり、激し、すぎ、だって」

「これからもっと激しくなるぜ」

愛菜の服を脱がせる。今日は貫頭衣なので、制服の時よりも丁寧に扱う。うっかり引き裂いてしまったら芽衣子に殺される。

「舐めて」

愛菜の口に右手の人差し指と中指を突っ込む。

彼女はさながらフェラをしているかのように、いやらしく舌を動かす。みだらな音が洞窟に響き、俺の指は唾液まみれになった。

「ちゃんと立ち続けていろよ」

愛菜の耳元で囁きながら、彼女の膣に唾液まみれの中指を挿入する。

「んぁ……ああっ」

愛菜が喘ぎながら抱きついてきた。いい反応だ。

俺は中指をクイッと曲げて、膣壁を撫でる。俗に「Gスポット」と呼ばれる部分に軽く圧を掛けると、愛菜は体をビクンッと震わせた。

「ほ、火影の指、どうなってるの」

「どうって、別に普通だけど」

「頭、おかしく、なっちゃいそう」

愛菜は顔を真っ赤にしながら、俺の耳元で熱い息を吐き続けている。俺に抱きつく力が次第に強まっていて、脚はガクガク震えていた。

「あっ、ダメっ、イクッ！」

そう言った次の瞬間、愛菜はイッた。

「イッちゃった……」

「まだ始まったばかりなのに、もう三度目だな」

「え……バレてたの？」

愛菜の顔がますます赤くなる。一度目と二度目はこっそりイッていたのだが、それを見破られていたと知って恥ずかしいようだ。

「そりゃ分かるよ」

俺はニヤリと笑い、指の動きを激しくする。

「待って、まだ、イッたばっか……」

「いいんだよ、ほら、イけ！　もう一発！」

極限までGスポットを責め続ける。愛菜が目の前に崩れ落ちるところが見たかった。

「あああああっ！」

しかし、愛菜は思っていたよりも粘っている。もはや脚の力は失われているものの、俺の首に回した腕の力でどうにか耐えていた。

その力は実に凄まじい。冷静になると首の骨が折れないか不安になりそうだ。だから冷静にはならない。理性を捨てて性欲に身を委ねる。

「火影、ダメ、ダメぇぇぇぇぇ！」

愛菜が腕を解き、その場にへたり込む。

俺が指を抜くと、彼女の膣が噴水の如く液体を放出した。

——潮吹きだ。

「すげぇ！　潮吹きなんてＡＶでしか見たことないぜ」

「はぁ……はぁ……はぁ……」

愛菜は必死に息を整えている。しばらくはまともに話せそうにない。

「おいおい、自分だけ気持ち良くなってずるいぞ」

俺は全裸になると、愛菜の口を開かせ、そこにペニスを突っ込んだ。

愛菜は両手を地面についてへたりこんだまま、思いっきり口を吸い込む。口で奉仕するから後は自分でどうにかしろ、とでも言いたげだ。

「仕方のない奴だ」

俺は愛菜の頭に両手を添え、腰を振る。

ペニスはあっという間に膨張していき、サクッと彼女の口の中で射精した。

洞窟で楽しんだら仕事の時間だ。
少し休憩してから、俺達は白レグの棲息する草原にやってきた。
「ココッ、ケー、コッコ」
白レグはのんびり過ごしていた。俺達が近づいても逃げようとしない。人に対する警戒心が皆無だ。先日の牛と同じである。

個体によっては愛菜に懐いているくらいだ。近づいてきて、彼女の足首に体をすりすりしている。

「こんな子を捕まえて籠に放り込むのって、なんだか気が引けるね」

愛菜が足下の白レグを抱える。

「だったら籠には放り込まずに歩かせるか？　ニワトリは遅いから、アジトへ着く前に日が暮れちまうぜ」

「それはダメだね。もう少し時間に余裕があったら、あたしが皆を誘導できたのに」

「時間はあったはずだが、どこかの誰かがムラムラしていたようだからな」

愛菜の顔がかぁっと赤くなり、頭から湯気が出る。

「あ、あたしだけのせいじゃないし！　火影だってノリノリだったじゃん！」

「ははは」

俺は近くの白レグを掴み、迷うことなく籠へ放り込む。愛菜と違って容赦しない。

「互いに五羽ずつ持って帰るか。ひとまず十羽もいれば問題ないだろう」

「りょーかい！」

俺達は手分けして白レグを捕獲していく。

「ほい、ほい、ほいの……ほいっと！　はい、終了！」

この作業は驚くほどあっさり終わった。簡単に捕まえられたし、捕まえた後も抵抗されずに済んだ。多少の抵抗を想定していただけに拍子抜けだが、素直に喜ぶとしよう。

「コケーコッコォ！」

「コーコッコ！」

「コーコケ！」

籠からニワトリの大合唱が聞こえる。合鴨の時と同じで「出せよ！　オラァ！」と言っているのだろう。籠に放り込む前は大人しかったが、放り込んだ後はうるさいものだ。

「とんでもねぇ騒ぎようだな……」

「耳が痛くなるね」

「早く戻って自由にしてやろう」

「だねー」

俺達は早足で帰路に就く。

一応は早歩きということになっているが、実際はどう見ても早歩きの範疇を超えていた。かなりのスピードだ。

「ぷっ」

移動していると、突然、愛菜が吹き出した。

「どうかしたか？」

「どう見ても早歩きじゃなくて小走りなんだし、これなら素直に走ったらいいじゃん」

「走ったらスタミナが消費されちまうだろ」

「でもこれ、明らかに走ってるよ。ウォーキングのフリしたランニングだよ」

「これはまだ早歩き、言うなれば競歩だ！」

「妙なところにこだわるなぁ」

「ま、走ってもいい気がするけどな。こいつら、すごいうるさいし」

俺は背負っている籠を一瞥する。

「コーケコォ！」

「コッコッコー！」

ニワトリの大合唱は落ち着く気配がなかった。

「これだけ賑やかだと不安になるね。近くに肉食動物がいたら怖いよ」

「それには同感だが、まぁ問題ないだろう。天音のルートだし」

俺達が歩いているのは、前に天音が教えてくれたルートだ。安全性が高くて、肉食動物や他グループの人間と遭遇する可能性が限り無く低い。

……と、その時だった。

ガサガサ、ガサガサ。

前方の茂みが不自然に揺れたのだ。

「誰だ!?」

俺と愛菜が同時に止まる。一気に緊張感が増した。

「私だ」

だが、出てきたのは天音だった。

俺と愛菜の口から安堵の息がこぼれる。

「天音かよ。びっくりしたじゃないか」

「すまない、驚かせるつもりはなかった」

天音は体に付着している落ち葉や砂埃を払い落としながら近づいてきた。

「そんなことより篠宮火影、緊急の報告がある」

天音の表情は普段と変わりない。

それでも俺は嫌な予感がした。彼女の緊急報告は基本的に悪い内容だ。

「報告って？」

表情を引き締める俺。良い報告が聞けるとは思っていないから、覚悟を決めておく。

そんな俺に対し、天音が言った。

「笹崎大輝（だいき）のチームが、皇城零斗（れいと）のチームに攻め込んだぞ」

「ついにきたのか」

亡き皇城白夜（びゃくや）の意志を継ぐゲス集団こと笹崎チームが動き出したのだ。

【抗争】

チーム笹崎がチーム皇城に攻撃を仕掛けた。

そのことに多少は驚いたものの、驚天動地と言う程ではない。かねてより行われていた天音の偵察により、おおよその事態を把握していたからだ。

白夜と同じ方針を貫く以上、笹崎にとって人員の確保は最優先事項であり、その為には零斗のチームを吸収する必要がある。その為、そう遠くない内に争いが起きるだろうことは、容易に予想することができた。

だからといって、「対岸の火事だなぁ」と油断することはできない。

夕食後、皆で焚き火を囲い、天音から詳しい話を聞かせてもらった。

◇

遡ること数時間前――。

笹崎大輝は、仲間の男二十人と共に、皇城チームの拠点を目指していた。

「大輝、本当に勝てるのか？　相手は零斗だぜ」

仲間の一人が不安そうに尋ねる。

「問題ねぇよ。零斗だって人間、多勢に無勢さ。たこ殴りにすればいい」

「でもよ、相手は一〇〇人近い人数なんだろ？　流石に不安だぜ」

「心配するなって。一〇〇人つっても大半が病人だ。それも死にそうな奴が多い。しかも女ばかりだ。対する俺達は健康体の男だけで構成されている。むしろ形勢は奴等が不利だ」

笹崎の考えは正しかった。実際、戦いになると有利なのは彼らのチームだ。

「問題は零斗だけだ。アイツさえ始末できれば、白夜の時と同じ思いができるんだ。いや、あの時以上だぜ。なんたって俺達が王になるんだからな」

「俺達が……王……」

「そうだ。俺達が王、俺達が支配者だ。俺達が法律になる。白夜がしてきたことを俺達がするんだ。好きな女と無制限にヤり放題さ」

笹崎チームの士気が高まる。

「そういえば、愛菜とかはどうしているんだろうな？」

これに対して、笹崎はさらりと言ってのける。

「とっくの昔に死んでるだろ。忍者と一緒に過ごす道を選んだのだからな」

「それもそうか。こんな環境で五人だけじゃどうにもならないよな」

「五人？」

「違ったっけ？　忍者に愛菜、あとは絵里、亜里砂、花梨。これで五人だと思ったが」

「あいつらを忘れてるぞ。朝倉芽衣子とその妹」

「そうか。忍者のところに行くから脱退したんだったな」

「ま、それでも七人だ。どのみち生きちゃいないだろうよ」

「すると、その後で抜けた女も死んでいる可能性が高いな。マイクロンソフトのご令嬢と、その付き人の目つきがやばい奴」

「あいつらは論外オブ論外」

「だよなぁ」

「それにしても、愛菜達も馬鹿なものだぜ。何に感化されたのか知らないけど、よりによって忍者と心中する道を選ぶかよ、普通」

笹崎は地面に唾を吐く。

「言えてるぜ」

「ま、女なんざセックス以外に取り柄のない生き物だ。顔と穴の締まり以外に価値はない。賢く考える頭なんざ備わっていないのだろう」

「でもさぁ、忍者のところにいる女はレベルの高い奴ばかりだよなぁ」

「あんな男には勿体ないくらいだ」

「俺なら死ぬ前に全員とヤりまくるなぁ。何がなんでもヤるぜ。抵抗されようものなら一人ずつ犯してでもヤってる。あー、ヤりてぇ」

「ま、忍者じゃ隠れてオナるくらいしかできないだろうよ」

「違いねぇ！」

ギャハハハハ、と多くの男子が笑った。

笹崎の脳裏に花梨の姿がよぎる。火影に犯されている花梨の姿が。胸糞悪くなった。

「雑談はこのくらいにするぞ。気を引き締めろ」

前方に零斗の拠点が見えてきた。

「む？」

笹崎が立ち止まる。後ろの仲間達も足を止めた。

拠点から零斗が出てきたのだ。それも一人で。

「大輝、仲間を引き連れてなんのようだ？」

笹崎から約五メートルの距離で立ち止まり、零斗は尋ねた。

「白夜の階級制度を維持する為に女が必要なんだ。適当に分けてくれよ」

「ふん、なるほどな」

零斗は鼻で笑い、笹崎を睨み付けた。

「悪いがその要望には応じられない。帰ってくれ」

それを聞いた笹崎は腹を抱えて笑った。

「おいおい、その発言は頭のいい零斗らしくねぇぜ。見て分かると思うが、俺はお願いに来たんじゃない。要望を叶えに来てるんだ。これは命令だよ。素直に従わないって言うなら痛い目を見ることになるぜ」

笹崎がスッと右手を挙げる。

仲間達が展開して、零斗を包囲した。

「零斗、お前には世話になった。だから手荒なことは避けたいところだ。大人しく言う通りにしてくれないか？　そうすれば争わずに済む」

「ふっ、争わずに済む、か」

「そうだ」

「馬鹿げたことを言うものだ」

「……なんだと？」

「この手の要求に一度でも従えばおしまいだ」

「だが、従わなければ今すぐにおしまいだぞ」

「それはどうかな」

零斗はニヤリと笑い、懐からある物を取り出した。

――銃だ。

笹崎チームの面々が怯む。

「俺も争いはごめんだが、そちらがその気なら受けて立とう」

「馬鹿か。いくら銃があろうと、この人数にタコられて勝てるわけないだろ」

「馬鹿はお前だ、大輝。何も分かっていないな」

「はぁ？」

「たしかに全員が一斉に攻めてきたら俺は負けるだろう。だがな、それでも何人かは道連れにできる。この距離なら俺は絶対に外さない。突っ込んできた奴からあの世に送ってやる」

自身を包囲する連中を睨みながら、零斗は声高に言う。

「さぁどうした！　仲間の為に死んでもいいって奴はかかってこい！」

「「…………」」

誰も動けない。

零斗の背後にいる男ですら、零斗の気迫に気圧されて足が竦んでいる。一歩でも前に進めば即座に振り返って射殺される気がした。

「大輝、一〇秒以内に退け。さもなくば撃つ」

零斗は銃の照準を笹崎に合わせ、引き金に指を掛ける。

「分かっていると思うが、俺は本気だぞ、大輝」

零斗がカウントダウンを始める。

「グッ……」

笹崎は後ずさった。一歩、また一歩と、ゆっくり後退する。

そして――。

「帰るぞ！」

撤退命令を出し、零斗の包囲を解いて引き上げていく。

「零斗、このままじゃ済まさないからな」

「それはこちらのセリフだ。お前はこの皇城零斗に牙を剥いた。そのことを思い知らせてやる。今後は寝る時ですら油断するなよ。隙があれば殺す」

「ほざいてろ！」

こうして、両チーム共に血を流すことなく終わった。

「――ということだ。笹崎大輝が素直に撤退したので、私も今回の偵察を終えた」

天音の報告が終わる。

「なるほど。銃を威嚇の道具として使ったわけか。流石だな、零斗は」

「無血で乗り切るにはそれしかない、という行動ですわね」

「でも、このまま終わりはしないだろうな」

天音が「だろうな」と頷く。

「笹崎大輝は作戦を改めるようだ。皇城零斗を排除してグループを乗っ取るのではなく、浮いた駒を潰していく方向に」

「零斗のチームって、今は女子も外で活動しているんだっけ？」

「そうだ。だから、女子を誘拐するという手が考えられる」

「暴走してんなぁ」と亜里砂が呟く。

「誘拐か……あり得る話だな。笹崎の目的は性奴隷を増やすことだし。だが、零斗も黙ってはいないだろう」

「うむ」

「そうなると、ポイントになるのは零斗の動きか」

「私もそう思う」

同意する天音の隣で、亜里砂は首を傾げた。

「つまり……どゆこと？」

「零斗が人を殺すのに躊躇わない男かどうかで勝敗が決まるってことだ」

「殺すって、マジ!?」

「マジだよ。もし零斗が躊躇なく人を殺せるのなら、まず間違いなく零斗が勝つだろう。笹崎をはじめとする幹部数人を銃で撃ち殺せば終わりだ。他の連中はビビッて降参するだろう」

「じゃあ、零斗が人を殺せなかったらどうなるの？　負けちゃうの？」

「持久戦になると勝ち目は薄いんじゃないか……と俺は思うけど、どうかな？」

視線を天音に向ける。

「私も同意見だ。皇城零斗の拠点を見る限り、奴は仲間を見捨てられない性格のようだ。手に負えない病人ですら見殺しにはしていない。そのせいで、今の生活を維持するだけでもいっぱいいっぱいの状況だ。時間が経てば自然に衰退していくのは目に見えている」

「なるほどねぇ」

ここで花梨が手を挙げた。皆の視線が彼女に向かう。

「状況はよく分かった。それで結局、私達はこれからどうすればいいのかな？」

「私は現状維持でいいと思うが」

そう言って俺を見る天音。

俺は頷いて肯定した。

「零斗や笹崎がどう動こうと俺達の方針は変わりない。降りかかる火の粉は払うが、積極的に火事場へ飛び込むつもりはない。他所のチームがこちらへ絡んでこない限り、俺達は様子を見守りつつ、いつものように生活するだけだ」

「了解」

改めて方針の確認をすると、天音に言った。

「しばらくの間は偵察任務を継続してくれ。ある程度の落ち着きが見られたら影山と交代で」

「承知した」

「何か質問はあるかな？」

全員の顔を見渡す。

皆は静かに首を振った。

「なら緊急会議はこれで終了だ。風呂に入って明日に備えよう！」

終了の宣言と同時に、場の空気が和らぐ。

田中と影山が夕食の後始末を担当し、マッスル高橋が風呂へ向かう。

女性陣も各自で好きに過ごしていた。

「芽衣子さん、靴作りについて質問なのですがよろしくて？」

「いいよ」

「ここなのですが――」

手芸班はこんな時間でも頑張っている。

「絵里、見てよこれ！」

「どうしたの――って、何してるの亜里砂!?」

「ふっふっふ、絵里の真似ー！」

亜里砂は服の中に何かを詰め込み、偽りの巨乳になった。

「私の胸、そんなに大きくないよ」

「それでは拙者が見比べるでござる！」

田中は素早く振り返り、絵里の胸を凝視しながら言う。

「んー、絵里殿のほうが大きいでござる！」

「ぎゃははは、田中ウケる。私のおっぱいちゃん見てないじゃん！　お前、絵里のおっぱいが見たいだけだろ！」

笑い転げる亜里砂。

「いやいや、拙者は由緒正しき審査員でござる」

「田中君……そういう変態なことはやめたほうがいいよ」

「グガッ！　え、絵里殿、これはほんの冗談で――」

会議が終わって数分しか経っていないのに、アジトの中は笑い声で溢れていた。

【卵料理】

八月の最終日がやってきた。

土曜日の今日、俺はアジトの外から聞こえる声で目を覚ました。

「コーケコッコー♪」

ニワトリの鳴き声だ。

「捕獲した中に雄鶏(おんどり)が混ざっていたか……」

朝に激しく喚き散らすのは雄鶏――つまりオスだ。

ただ、メスも鳴かないわけではない。オスのように朝のライブを開催しないだけで、メスはメスで四六時中、何かしらの声を発しているものだ。

「オスは必要ないし対処しておくか」

ゆっくりと体を起こし、周囲を見渡す。

大半の連中はぐっすり眠っていた。雄鶏の鳴き声がそれほどうるさくないからだ。近くで聞けば凄まじいかもしれないが、此処までは距離がある。

「篠宮火影、お前も起きたのか」

そう言って起き上がったのは天音である。

彼女は布団を綺麗に畳んだ。〈むしろ〉をシーツで包んだ物なので丁寧に扱う。

俺も同じように布団を畳んでいたところ、更に一人、別の女子が起きた。

「今のってニワトリの鳴き声？」

寝ぼけ眼を必死にこすっているのは絵里だ。

「そうだ。一緒に見に行くか？　卵を産んでいるはずだ」

「え、卵!?」

絵里の目が一気に覚醒する。眠そうな細長い状態から、パッチリの二重に。

「行く行く！　見たい！」

「オーケー、なら行こう」

「私も同行しよう。興味がある」

俺達三人は、他のメンバーが起きないよう、そっとアジトを出た。

「それにしても天音の足音って静かだな。無音じゃないか」

「ふっ、まぁな。たゆまぬ訓練の賜物だ」

天音が笑みを浮かべる。珍しく嬉しそうだ。

「よし、一〇羽とも健在だな。脱走者はいないっと」

ニワトリのいる木の囲いにやってきた。海蝕洞（アジト）のある崖の近くだ。

「コーケコォ！」

景気よく鳴いている雄鶏は一羽だけだった。

「なんでこの子しか鳴いていないの？」と絵里。

「コイツだけオスなんだ」

「メスは鳴かないの？」

「鳴くけど、オスと違って朝に喚くわけじゃない」

俺は「それより……」と、囲いの隅に目を向ける。

そこにはニワトリよりも一回り大きな木箱が並んでいた。横並びに五箱。

この箱は〈産卵箱〉といって、設置するとニワトリはこの中で卵を産む。

「あとは卵だが、果たしてどうかな」

産卵箱の入口にはアカソの布が掛けられている。赤い布を掛けておけば入りやすい、という小話を信じたものだ。これは花梨から教わった豆知識で、眉唾レベルのネタらしいが採用させてもらった。

「火影君！」

箱の中を確認するなり、絵里が声を弾ませた。

俺も「ああ！」と頬を緩める。

「大成功だ！　極上の卵を産んでらぁ！」

産卵箱には計九個の卵が入っていた。

白レグは日に一個の卵を産む。つまり雄鶏以外は産んだわけだ。最高の結果である。

「さて、私は偵察任務があるので先に失礼する」

卵の確認が終わるなり天音が言った。

「待ってくれ」

こちらに背を向けた彼女を止める。

「この雄鶏を元の居場所に戻してもらえるか？　雌鶏(めんどり)以外は求めていないのでな」

「承知した。なら戻る時に雌鶏を一羽捕獲しておこう」

「それは助かる。だが、オスとメスの区別は付くのか？」

「たぶん大丈夫だ。それに間違えたらまた戻せばいい」

「それもそうだな」

天音の視線が絵里に向かう。

「絵里、今日も美味しい料理を期待している」

「うん！　任せて！」

絵里は嬉しそうに微笑んだ。

「では、行ってくる」

天音の姿が森の奥へ消えていく。

「天音が雌鶏を確保してきたら、日に一〇個の卵が確保可能になるな」

「今後は卵を使った料理がたくさん作れるね！」

「卵は栄養価に優れているし、味も最高だから楽しみだ」

絵里は大きく頷いた後、「あっ」と口を開いた。

「気になったんだけど、ニワトリって死ぬまでずっと卵を産み続けるの？」

「いや、そんなことないよ。産卵期間は約二年だったはずだ」

「そうなんだ」

「で、産卵期間でも、後半になると卵を産まない日が出てくるんだ。捕獲した雌鶏は見たところ若いから、しばらくの間は毎日ポコンポコンと産み続けると思う」

「おー。あ、そうそう、もう一つ質問してもいい？」

「どうぞ」

「雄鶏が混じっていたでしょ？」

「うむ」

「じゃあ、卵の中には有精卵もあるんじゃないの？」

「あるかもしれないが、特に問題ない」

「えっ!? 問題ないの？ なんで？」

「なんでって、有精卵でも食えるからな」

「ええええ!? 有精卵って食べられるの!?」

「そんなに驚くことじゃないと思うが」

「いやいや、驚くでしょ！ だって有精卵だよ!? 赤ちゃんごと食べるの!?」

俺は「ふっ」と小さく笑った。

「畜産に関心のない人がしばしばする誤解だよ、それは」

「どういうこと？」

「絵里は、有精卵の中にはヒヨコが入っている、と思っているだろ？」

「違うの？」

「厳密には違わなくて、きっちり育てればいずれヒヨコになるんだけど、産卵直後は無精卵と大差ないんだ。だから、仮に全ての卵を割ったとして、その中に有精卵がいくつか混じってい

たとしても、絵里には見分けられないと思う。だって、見た目は無精卵と同じだから」

「味とか健康面で問題ないの？」

絵里はいまだに不安そうだ。

「その点も大丈夫だよ。日本でも有精卵が食用で売られている。しかも、有精卵の方が無精卵より高いほどだ」

「そうなんだ!?　知らなかったぁ！」

「まぁ、畜産に興味がないと知らなくてもおかしくないさ」

「火影君って本当に物知りだね、尊敬しちゃうよ」

「この分野すら詳しくなかったら取り柄のない男になるからな」

「そんなことないよ、火影君はいつでも頼もしいし」

俺達は産卵箱の卵を回収した。

それらは海水で表面を洗ってから調理に回される。

卵は毎日手に入るし、夏の暑さで腐る可能性を考慮して、その日の内に食べる予定だ。

◇

採卵の約四時間後――。
いつもより少し遅い朝食の時間がやってきた。

「ついに来るでござるよ！」

「楽しみでやんす！」

「筋肉が潤うでマッスル！」

皆が今か今かと待ちわびている。天音も帰還済みだ。

「お待たせ、皆！」

ソフィアや陽奈子と共に、絵里が俺達の前に朝食を運んできた。

「来たでござるぅううううう！」

田中が吠える。

雄鶏よりもうるさいが、俺達は気にならなかった。

「卵だあああああああああ！」

亜里砂も吠えている。

俺達にしたって口々に歓声を上げていた。

「何にしようか悩んだけど、この人数だと目玉焼きとか無理だったから……」

申し訳なさそうな絵里。

「十分だよ！　だって卵だぜ！　卵！」

俺は大興奮で器に盛られた料理を見る。

出来たてほやほやのスクランブルエッグだ。

「さぁ食べようぜ！」

手を合わせ、「いただきます」の合図で全員が卵を口へかきこむ。

「やはり卵はいいものですわ！」

ソフィアが頬に左手を当てながらニッコリ。

「絵里、あんた天才だよ！」

亜里砂が鼻息をフガフガさせながら大絶賛。

「わ、私じゃなくて、ニワトリを捕獲してきた火影君達のおかげだよ」

「なんだっていいや！　卵ってサイコー！」

大して多くない量のスクランブルエッグを全身で味わう俺達。

「ただのスクランブルエッグでここまで感動する日が来るなんて……」

愛菜も幸せそうだ。

「こんなに美味しい卵料理、今まで食べたことがないでやんす！」

九個の卵で作ったスクランブルエッグ。

一人当たりの量はそれほど多くない。

味付けも塩だけなので薄味だ。

それでも、俺達は心の底から感動した。

「この島に来た時は魚とキノコの串焼きばっかりだったのに……」

花梨が呟く。

これまで食べてきた料理が脳裏によぎる。

気がつくと、皆の目に涙が浮かんでいた。

【記念撮影】

この島に来て初めてとなる卵料理を堪能した後——。

皆は方々へ散っていった。今日は土曜日なので自由行動だ。

（本当にいいチームだな）

アジトの中を見回して、改めてそう思った。

土器から食材にいたるまで、全てに渡って手入れがされている。毎日、誰かしら手の空いた者が確認しているおかげだ。整理整頓の行き届いた綺麗な広場を見ていると、とても誇らしい気持ちになった。

「ウキキー！」

アジトの広場へ猿が駆け込んできた。どうやら俺に用事があるらしく、制服の裾を引っ張ってくる。

「ウキッ、キキィ！」

猿はアジトの外を指すと、俺が返事をする前に出て行った。

「ついてこいってことか」

おそらく愛菜が呼んでいるのだろう。

そう思いつつアジトを出た俺は、先ほどの猿を追いかける。

猿は海蝕洞（アジト）がある崖の上に向かっていた。

案の定、そこには愛菜がいて、俺に向かって手を振る。

「来た来た！」

「どうかしたのか？」

素早く周囲を確認する。愛菜の背後には柵があり、その後ろには牛の姿があった。そして、彼女の足下には土器で作ったバケツが置かれている。

「実は牛のお乳を搾ろうとしたのだけど……」

「上手くいかなかったのか」

「そうなの」

「まだ厳しいか」

俺達は牛乳の獲得に苦労していた。

「試しにやってみよう」

俺は柵を乗り越えて牛に近づく。そして、すぐ傍でしゃがもうとするのだが――。

「モォ！」

威嚇するように牛が鳴いた。明らかに警戒している。

「たしかにこりゃ危険だ」

「でしょー」

今のまま乳搾りを強行しても、怪我をするのが目に見えている。

「放置しておけば馴染むと思ったが、この様子だと明日も無理だろうな」

「あたしもそう思う。どうしたらいいかな？」

「そうだなぁ……」

俺は牛の背中を撫でてみる。

それに対して、牛は特に嫌がる素振りを見せていない。俺達に対して敵意があるわけではないようだ。乳を触られるのに抵抗があるのだろう。

「親密度を上げる作戦に切り替えよう」

「仲良くなるってこと？」

「そうだ。搾乳は明日に回して、今日は牛と仲良くなろう」

「それだったら任せて！　あたし、そういうの得意だから！」

「いいのか？　今日は勉強するんじゃ？」

「忘れたよ！　そんなものは！」

「だったら牛に教科書の読み聞かせでもしてやれ」

「あはは、それいいね！　採用！」

カシャッ。

突然、カメラのシャッター音が響いた。

振り返ると、そこには花梨の姿が。

「おいおい、盗撮とは人が悪いな」

「ごめんごめん。すごくいい雰囲気だったから、つい」

花梨は俺達にスマホを向けながら言う。

「花梨、充電は大丈夫なの？」と愛菜。

「天気がいいおかげで問題ないよ」

「花梨のスマホは太陽光充電に対応しているのだったな」

「だったらさ、この子達も一緒に撮ってよ！」

愛菜が猿軍団を呼び寄せる。

ついでに牛やニワトリも集めて賑やかにした。

「おー、まるで動物園だな」

「火影、なに傍観者気取りでいるのよ。あんたも一緒に撮ってもらうの！」

愛菜が俺の手首を掴んで引っ張る。

俺と愛菜はそれぞれ別の牛に跨がった。

「花梨、お願い！」

「任せて。いくよ」

花梨の合図で、俺達はニッと笑みを浮かべる。

カシャッ。

「私が盗撮した理由、これで分かるんじゃないかな？」

花梨は苦笑いを浮かべながら、スマホを俺達に見せる。

「ちょっとー！　火影、なによこの顔！」

「そうは言われても……笑みを浮かべているだけだが」

「どこが笑みよ！　ひっどい顔！　キモ！」

「火影は作り笑いが下手過ぎなんだよね」

「ぐぬぬ……」

否定することができなかった。

ただいま撮影した動物大集合の写真において、俺だけ気味の悪い顔をしているのだ。愛菜は嬉しそうに笑っているし、猿軍団もそれぞれいい顔だ。牛やニワトリも無表情ながらカメラ目線を決めていた。

「撮り直してもいいけど、たぶん変わらないよ」と花梨。

「んーん、この写真でいいよ！　動物達を一箇所に集合させ続けるのは大変だから」

「オッケー」

花梨がスマホを懐にしまう。

「私はこれから他の人も撮影しようと思うけど、二人も来る？」

「ううん、あたしは牛さんと一緒に過ごしたいから遠慮しとく！」

「俺は付き添うとしよう。特にやることもないし」

愛菜が「行ってらー」と軽く手を振る。

彼女の胸にしがみつくエロ猿のリータは、俺に向かってシッシッと手を払うジェスチャーを行う。その顔には「さっさと失せろ」と書いていた。

（このクソ猿は本当に……！）

などと思うものの、お世話になっている以上は頭が上がらない。

「じゃあな、愛菜、それとリータも」

俺は笑みを浮かべて、リータの頭を撫でる。強めの力でガシガシと。

リータは鬱陶しそうな顔をしているが、愛菜は気づいていない。

日頃の労働に免じ、これだけで許してやるとしよう。

◇

「たしかに写真は記念になっていいな」

「でしょ？　カメラの性能もいいし、使わないと勿体ないかなって」

花梨と並んで歩きながら、俺は撮影した写真を確認していた。

俺や愛菜の前はアジトにいる連中を撮影していたようだ。笑顔の絵里と、その一〇〇倍くらい笑顔の田中、それに険しい表情で電子書籍リーダーを眺める吉岡田の写真があった。何気ない写真ばかりだが、こうして見るとほっこりした気持ちになる。

「お、火影と花梨じゃん！　またデートかよ！」

海では亜里砂が釣りをしていた。お気に入りの大きな岩に座って。

いつもと違い、今日は朝倉姉妹も一緒だ。

「亜里砂が釣りをしているのは毎度のことだが、芽衣子と陽奈子は珍しいな」

「私達は釣り竿の改良を手伝っているの」

芽衣子が左右に視線を動かす。亜里砂と陽奈子が釣り竿を握っていた。

「芽衣子は釣りをしないのか？」

「うん。手を怪我したくないからね」

「なるほど。でも、陽奈子は釣りをするんだな」

「わ、私も、手は大事ですけど、その、お姉ちゃんがやれって言うから……」

「なに言ってるのよ。『亜里砂さんよりたくさん釣るぞ！』って張り切ってたじゃない」

「もー！　それは言わない約束だったのに！」

陽奈子が顔を赤くする。

その様に、俺達は声を上げて笑った。

「おいおい陽奈子、この私に勝つつもりだったのかよ！」

「そ、そんな、言葉の綾ですよ！」

「ならそういうことにしておいてやらぁ」

亜里砂が「よっと！」と魚を釣り上げる。

水しぶきを纏った魚が亜里砂の頭上に舞う――その瞬間、花梨が撮影ボタンを押した。

「亜里砂、ナイス。おかげでいい写真が撮れたわ」

花梨が満足そうな表情でスマホを見せる。

写真を確認した俺達は「おー」と歓声を上げた。

「大したものだ」

「すっげー！　私、なんだかプロの釣り師じゃん！」

「花梨さん、すごく上手ですね！」

「本当になんでも器用にこなすのね、花梨は」

皆に褒められた花梨は、恥ずかしそうに笑った。

「せっかくだから記念撮影しておこっか」

花梨が自撮り棒を取り出した。

「いいねー！　大賛成！」

亜里砂がいの一番に賛成票を投じる。

当然ながら俺達も賛同した。

◇

その後も、俺と花梨はメンバーを撮影していった。

まずは海で筋トレに励むマッスル高橋。

「うーん……汗の量が物足りないでマッスル。もう少し全身から滴っている感じにしてもらえると嬉しいでマッスル。霧吹きとかないでマッスル？」

「あるわけねぇだろ！」

驚いたことに、マッスル高橋は撮影結果にうるさかった。汗の量、アングル、果てには筋肉の形が気に入らないなどと言い出す始末。

そんな筋肉野郎の撮影がどうにか終わって、次はソフィアと影山の二人組だ。

この組み合わせは珍しい……というか初めて見る。

何をしているのかと思いきや、ソフィアの作った靴の試し履きをしていた。

「二人の写真はこのくらいでいいかな？」

「じゃ、最後に四人で記念撮影して終わりだな」

花梨が「そうね」と自撮り棒を取り出す。

その瞬間、影山が口を開いた。

「あ、あの、その自撮り棒、僕に持たせてほしいでやんす。できれば構図も決めさせてほしいでやんす」

「マッスルと同じでお前も妙なこだわりを持っているタイプかよ」

「こだわりと言うほどではないでので安心してほしいでやんす！」

「ま、すぐに済むならなんだっていいぜ。マッスルは同じような写真を一時間近く撮らせたからな。ああいうのは二度とゴメンだ」

「大丈夫でやんす！　すぐに済むでやんす！」

花梨から影山へ自撮り棒が渡る。

「女性陣はおいらの両隣に立ってほしいでやんす！　篠宮さんはおいらの後ろでやんす！」

「俺だけ後ろ？」

「そうでやんす！」

影山の意図は不明だが、俺達は言う通りにした。

俺の前に影山が立ち、その右に花梨、左にソフィアが立つ。

「僕と女性陣は中腰になるでやんす！」

「これでよろしいのかしら？」

「よろしいのでやんす！　篠宮さんは僕の頭上から顔を覗かせる感じでやんす！」

（なんだこの構図は……）

不思議に思いつつも黙って従う。

（よく分からないが……悪くないかもな）

スマホには花梨の胸の谷間が映っていた。思わず頬が緩む。

「女性陣、もう少しくっついてほしいでやんす！　ラグビーのスクラムは分かるでやんすか？あんな感じで、二人は僕の肩に腕を回してほしいでやんす！」

そこでようやく、俺は影山の魂胆が分かった。

（こいつ、ハーレム写真を撮影する気だ）

まるで影山に群がる二人の美女&オマケの男とでも言いたげな構図だ。

「それでは撮影するでやんすよー！」

影山が「はい、チーズ」と言って撮影ボタンを押す。

「撮影終了でやんす！　これで完璧でやんす！」

「中腰で上から撮影って、影山さんは変わっておられますわね」

「私には想像もつかないアングルだったから面白かったよ」

ソフィアと花梨は影山の意図に気づいていないようだ。

俺は気づいていたが、あえて指摘することはなかった。

「あれ？」

撮影した写真を見て、花梨が首を傾げた。

「どうしたんだ？」

「これ見て、おかしくない？」

花梨がスマホに映る写真を指す。

そこには笑みを浮かべる花梨とソフィア、そして特筆すべき程にキモい笑い方をする影山が映っていた。あとは呆れたように笑う俺の姿も。

「特に問題ないでやんすよ。僕、すごくいい笑顔でやんす」

「影山さんの笑い方は不気味に見えますが……おかしい点は分かりませんわ」

「同じく。俺達四人が普通に写っているだけだ」

「だからおかしいのよ」と花梨。

「どういうことだ？」

花梨は心の底から驚いたように言った。

「だって火影、こんなに自然な顔で笑えないじゃん！」

「ああ、そういうことか」

ようやく俺にも分かった。

「なんでこの写真だけ自然体なの？」

「それはおそらく影山のせいだな」

「僕でやんすか？」

「そうだ。構図にこだわるお前の意図が分かって呆れていたからさ」

「そ、それは……！」

言葉に詰まる影山。

「どういうことでして？」

ソフィアと花梨は、頭上に疑問符を浮かべながら俺を見る。

「影山はハーレムぽく撮りたかったんだよ」

俺は影山の意図を丁寧に説明した。

「本当なの？　影山」

花梨が尋ねる。なんだか目つきが怖い。

「ほ、本当でやんす……」

観念する影山。

花梨とソフィアの口から盛大なため息がこぼれるのだった。

【撮影に魅せられて】

メンバーの撮影も残すは天音だけとなった。

しかし、天音は偵察任務中の為、易々と撮影することはできない。

「やっぱりこの辺にはいないね、天音」

「たぶん笹崎達の近くにいるだろうからな」

俺達は西から東、東から西へと、車のワイパーを彷彿させるルートで歩いた。その道中でトウモロコシ畑などを撮影することはあったものの、肝心の天音とは出会わずじまいだ。

「そろそろ日が暮れるし休憩していこう。飲み水もあることだし」

「そうだね」

すぐ近くにあった篠宮洞窟に花梨と入った。

洞窟の真ん中の辺りで並んで腰を下ろし、二人して水分を補給する。ここで役に立つのが浄水機能付きのボトルだ。文明の利器をもってすれば、川の水もたちまち飲み水と化して美味しくなる。

「火影はこの洞窟で目が覚めたんだっけ？」

「だな。もうずいぶんと昔のことのように感じるぜ」

「私も。実際はまだ二ヶ月も経っていないんだよね」

「この短い間に色々とあったものだ」

目を瞑って、この世界に来た日から今に至るまでの日々を思い返す。

すると……。

「例えばこんなこととか？」

花梨が左隣から股間を撫でてきた。

「そういえばそんなこともあったな。落雷のおかげで謎の手コキ女の正体が花梨だと分かったんだ」

「謎の手コキ女って」

花梨が小さく笑う。

「手だけじゃなくて口でもしてあげたでしょ」

話しながら手を動かす花梨。滑らかな手つきでズボンのファスナーを下ろし、パンツの中で眠るペニスを強引に起こした。

「手で抜いてくれるのか？」

「写真撮影に付き合ってくれたお礼ね」

花梨は横に座ったまま、右手で我がペニスをシコシコする。途中で手に唾を付けてにゅるにゅる度合いを高めた。それが気持ち良くてイキそうになる。

「やばい、今日は特に気持ちいいぞ……」

謎の手コキ女に手コキをされていた時みたいに、俺は天を仰いで口をパクパクする。手コキだけでイクものか、と必死に我慢していた。

カシャッ。

そんな俺をカメラが襲う。

「ちょ、撮るなよ、こんな顔」

「いいじゃん。すごく気持ちよさそうな顔をしているんだし」

花梨は左手で持ったカメラを俺に向けつつ、右手で激しくしごいてくる。

彼女が右手を上下に動かす度、スマホがカシャッと鳴った。

「や、やめろって、おい、マジで」

「ほら、いいじゃん。カメラの前でイキなよ、ほら」

「あっ……まじで、もう、限界」

ドピュッと勢いよく精液が舞う。それは花梨の右手の甲にベットリ付着した。

「どうだった？」

花梨は手の甲に付いた精液を舌で舐めとり、残らず飲み干した。どうすれば俺が喜ぶのかを心得ている。

「悪くはなかったけど……」

「けど？」

「俺は撮られるより撮るほうが好きだな」

隙を突いて花梨の左手からスマホを奪う。

「ちょっと、火影」

「今度は俺が撮影する番だ」

立ち上がり、ズボンとパンツを脱いで、花梨の正面に移動する。

射精したばかりで萎れたペニスを彼女の顔に押し付ける。

「ほら、口でご奉仕しろ」

「それは……恥ずかしいよ」

「だからいいんだ。俺だってされたんだからお互い様だろ？」

「ぐっ……仕方ないね」

花梨はおもむろにフェラを始めた。

最初は手でしごきつつ、口に含んだ亀頭を舐め回す。

ペニスが硬くなって勃起すると、手を下ろして口だけで続けた。

「おいおい、カメラ目線じゃないと困るぜ」

「んっ……」

むすっとした顔で俺を睨む花梨。

実にいい表情なので、思わず撮影ボタンを連打してしまった。

「ちょっ、連写し過ぎ」

「余分なのはあとで削除すればいいだけだ。それよりほら、仕事をさぼるな」

花梨の口にペニスを突っ込み、彼女の頭を撫でながら撮影する。

「あー、すごくいいよ、花梨」

洞窟内にシャッターの音が響く。

スマホの写真フォルダがハメ撮りで埋め尽くされる。

「せっかくだし動画も撮っておくか」

カメラのモードを写真から動画に切り替えた。スマホに疎い俺でもそのくらいはできる。

「もっとエロく舐めてくれ。舌を伸ばして、裏筋を根元からすーっと舐め上げるんだ」

「火影の変態……」

花梨は恨めしそうにしつつも俺の命令に従う。完璧なカメラ目線でペニスの裏筋に舌を這わせた。

「これもう完全にAVだな。たまんねぇ」

俺はかつてない程に上機嫌だ。撮影するだけでここまで楽しくなるとは思わなかった。世の男がこぞってセックスの模様を撮影したがる理由がよく分かる。

「花梨、そろそろペースを落としてくれ。イキそうだ。もっと撮影していたい」

この発言はよろしくなかった。

花梨のフェラが今までよりも激しくなったのだ。直ちに射精させるつもりだろう。

（まずい……このままでは……！）

ペニスは既に血管が浮き上がっていて、暴発寸前の状態。

「か、かくなる上は！」

諦めて射精することにした。

しかし、花梨の思惑通り口の中に射精して終わりとはいかない。

「ウッ、イクッ！」

体がビクッと震えたのに合わせて、俺は後ずさった。花梨の口からペニスを抜き、空いている方の手で素早くしごいて発射する。

二度目の射精は花梨の顔にぶっかけてやった。

「もう、顔に……！」

花梨がムッとする中、俺はご満悦の表情。

「いやぁ、実に素晴らしい画が撮れた。その不機嫌そうな顔もたまらないぜ！　ほら、顔に付着した白い液体を綺麗にしないと！　ほら！　早く！」

「ほんとに……もう……！」

花梨は呆れ気味に精液を指で拭い、そしてそれを口に含んでいく。

「よーし、それじゃ、次のハメ撮りを始め——」

「やらないから」

「あっ」

花梨にスマホを奪い返されてしまう。

彼女は俺に背を向け、黙々とスマホを操作し始めた。

「も、もしかして、調子に乗りすぎて本気で怒らせた？」

花梨の様子を見て、今さらながら不安になる俺。

それに対して、花梨は――。

「怒ってないよ」

笑顔で振り返った。

「だって、火影が撮影した写真や動画は削除したから」

花梨がスマホを見せてくる。

たしかに花梨のフェラに関するファイルの一切が消えていた。

一方、彼女の手コキで気持ちよさそうにしている俺の写真は健在だ。

「おい、感じてる俺の写真は残ってるじゃねぇか！」

「削除せず大切にとっておくね」

「ずるいぞ！」

「だってこれは私のスマホだもん。それに、この写真は私の顔を穢したお詫びね」

「そう言われると、言い返す言葉がないな……」

花梨はスマホを懐にしまい、ニッコリと微笑んだ。

「楽しかったね、火影。また気が向いたら撮影しよ」

「もうこりごりだ！」

【牛乳】

この世界に来た時は七月だった。

それがいつの間にやら八月になり、そして、その八月も終わった。

いよいよ九月に突入だ。


九月一日、日曜日――。

朝、俺達一同は、海蝕洞（アジト）の上にある放牧場の前に集まっていた。

放牧場とは、牛やニワトリを放し飼いにしている場所のこと。一応、木の柵で囲うことによって移動を制限しているが、牛が本気でタックルすればあっさり壊れるだろう。

皆が固唾を飲んで見守る中、俺と愛菜は柵の中へ。

「おいでー！」

まずは愛菜が優しく声をかける。

すると、三頭の牛がのそのそと近づいてきた。

「昨日も駄目だったが、今日こそは……！」

俺は一頭の牛に目を付け、土器バケツをその牛の足下に設置する。

こうして皆で集まったのは搾乳に挑戦する為だ。

「今日こそ牛乳が飲みたいなぁ」

亜里砂がジュルリと舌舐めずりをする。

「今回は大丈夫だろう。愛菜が一日かけて打ち解けたんだから」

「大丈夫なはず！　この子達とたくさん遊んだし、分かり合えた気がする！」

愛菜の口調からは強い自信が感じられた。

「とはいえ、緊張するぜ……」

おもむろに牛の傍で屈もうとする俺。

「モォ!?」

牛は警戒するように鳴いて、頭を俺に向ける。

俺は慌てて立ち上がった。

「火影、顔を撫でてあげて」と愛菜。

「オーケー」

優しい口調で「乳を搾らせてくれよな」と言いながら牛を撫でる。愛菜の言う通り顔を撫でた後、さらに背中も撫でておく。

「モォー♪」

牛が再び鳴いた。先ほどよりも柔らかみのある甘えた声だ。

「お前らのお乳、分けてもらうからな」

改めて牛の傍で屈む。今度は警戒していない。

「これなら……！」

牛の大きな乳へ手を伸ばす。慎重に、慎重に。

牛の乳は四本あり、その内、最も近いものを握った。長さはそれなり、硬さは不十分。

(半勃起したペニスみたいだ)

「まるで勃起前の火影のチンポッポみたいだなぁ！」

俺が思っていることを口に出したのは亜里砂だ。

女性陣がクスクスと笑う中、俺は苦笑いで振り返った。

「なんで亜里砂が俺のイチモツを知ってるんだよ。見たことないだろ。しかも、チンポッポとかちょっと可愛い言い方をしているし」

亜里砂とだけは淫らな行為をしていない。手コキも、フェラも、もっと言えばキスすらしていなかった。従って彼女が俺のチンポッポを知っているのはおかしい。

「海に潜るときに出してるじゃん！」

「あっ、そうか」

納得した。たしかに海に潜る時は全裸だから、亜里砂も見ている。

「むしろ他に理由がある？」

「それは……」

言い返せない俺。

「私、別におかしなこと言ってないよね？　チンポッポってこと以外」

亜里砂が同意を求めるように女性陣を見る。

「「「「……………」」」」

女性陣は一様に沈黙。陽奈子や絵里、愛菜は恥ずかしそうに顔を赤くしていた。

「皆のこの反応……つまりはそういうことよ!?」

「そういうことって、どういうことでござるか。実にけしからんでござる」

亜里砂は理解できずに困惑している。

「そ、それより、よく見ろ！　今から搾るぞ！」

慌てて話の軌道を修正する。このまま話を脱線させ続けるのはまずい。色々とまずい。

「流石に乳搾りの経験はないから、テレビで観た酪農家の見様見真似になるが……」

失敗に備えた予防線を張り、乳を握る手に力を入れ、下に伸ばした。

次の瞬間――。

ブシャアアアアアア！

牛の乳から凄まじい勢いで母乳が放出された。土器バケツが一気に満たされていく。

皆が「おおー！」と感動する。

俺も「すげぇ！」と興奮していた。

「モォ!?」

俺達の声に牛が驚く。体を強張らせた。

「大丈夫だよ、ごめんね、驚かせて」

愛菜がすかさずフォロー。

それによって牛は落ち着き、事なきを得た。

「このくらいでいいか」

母乳は留まることなく出そうな勢いだが、ほどほどにしておく。

「なんで限界まで搾り取らないのさ？」と亜里砂。

「廃棄（ロス）を出したくないからな。必要なら追加で搾乳すればいい」

「それもそっか！」

亜里砂は納得すると、上半身を柵から乗り出した。

「ねーねー、私も乳搾りやりたい！」

「私もやってみたいですわ」

ソフィアが続く。

他の連中も一度は体験してみたいと言う。

「なら今日は全員で交代しながら搾乳しよう。この世界で初めての牛乳だし、どうせ興奮してアホみたいに飲むだろうから、ある程度なら多めにいただいても飲みきれるだろう」

ということで、交代しながら搾乳をしていく。牛を刺激しないよう、一人ずつこちらへ移動してもらった。

「まるで出ないでやんす」

「難しいでござるな……」

「そうですか？　私は普通に出ましたわ」

「いえ、お嬢様、この作業は非常に難しいかと」

どうやら搾乳にも技術が存在するようだ。

人によって効率が大きく違っていた。俺やソフィアは上手なほうらしく、軽く搾るだけでドバドバと母乳が出てきた。一方、田中や影山、天音は下手なようで、彼らが搾った瞬間に母乳が出なくなることも。

「篠宮殿、何かコツとかあるのでござるか？」

「あるのかもしれないが、俺には分からない」

可能ならコツを伝授してやりたいものだ。此処が日本なら技術の安売りをせず優越感に浸ろうかとも考えるが、異世界の無人島なのでそうはいかない。自分だけ抜きん出てチヤホヤされるより、皆が優秀になってくれたほうが遥かに嬉しいものだ。

「それにしても凄い量ね」

花梨が土器バケツを眺めながら呟く。

「まだまだ出そうなのが恐ろしいよな。しかもまだ一頭目だし」

「一頭当たりの搾乳量って、日にどのくらいあるのかな？」

「一般的には約三〇リットルだったはず。重さで言えば三〇キロってところか」

「私もそのように記憶しております」

俺の回答に、ソフィアが同意する。

「一頭から三〇リットルも搾乳できるなら、牛乳が底を突くことはないね」

「だな。此処には三頭の牛がいるし、仮に一頭が不調でも他から搾乳することができる。俺達が消費する分を賄うだけなら十分過ぎるぜ」

「だったらさ、三頭も捕獲する必要はなかったんじゃない？」と愛菜。

「それは結果論だよ。俺と田中を見比べても分かるように、搾乳にも技術があるんだ。もし此処にいる皆の搾乳技術が田中と同レベルだったら、おそらく一頭から搾乳できる量は一〇リットルにすら満たないはず。それだと心許ないだろ」

「篠宮殿、拙者、なんだか悲しい気持ちでござるよ……」

俺は「わるいわるい」と謝りつつ、「それに」と話を続けた。

「今回は一頭の牛から大量に搾乳できたが、明日以降もそうなるとは限らない。これまで搾乳していなかったことで溜まりまくっていた……という可能性だってあるわけだ。一頭当たりの搾乳量が日に約三〇リットルなのは地球での話。この世界で当てはまるかは不明だ」

「たしかに」

「とはいえ、この様子だと三頭も捕獲する必要はなかったな。二頭で十分だろう」

「そんなことよかさ、早く飲もうよ！　牛乳！」

亜里砂が土器バケツに顔面を突っ込もうとする。

「待て！　待つんだ、亜里砂！」

俺は慌てて止めた。

「いいじゃん！　ちょっと舐めるだけだって！」

「そうじゃないんだよ」

「えっ？」

「その状態で飲むと腹を下しかねない」

「えええぇ！」亜里砂が驚愕する。

「なんで!?　ばっちいの？」

「そうだ。搾りたての母乳は〈生乳（せいにゅう）〉といって、スーパーで売っているような〈牛乳〉とは違うんだ。牛乳にするには加熱殺菌してやる必要がある」

「なんだってぇ！」

ありがちな誤解だから、亜里砂が勘違いするのも無理はない。

「舌触りやら何やらと品質を重視するなら、さらに細かい加工処理を要するぞ。ま、俺達にはそんな技術なんてないわけだし、加熱殺菌だけしておけばいいだろう」

「加熱殺菌っていうのは、要するにこの土器バケツを焚き火の炎でグツグツに煮詰めればいいってことだよね!?」

「おうよ」

「だったら早くそうしないと！　マッスル、バケツ持って！　アジトに戻るよ！」

亜里砂がマッスル高橋の尻をペチンと叩く。

「了解でマッスル！」

マッスル高橋は嬉しそうにニヤけ、土器バケツを持ち上げる。そして、亜里砂と共にアジトへ向かって行った。

「篠宮様、よろしいのですか？」

亜里砂とマッスル高橋の後ろ姿を眺めていると、ソフィアが話しかけてきた。

「よろしいのですか、とは？」

「亜里砂さんに加熱殺菌の詳細を話さなくて」

「詳細？」

「温度ですわ」

「ああ」

「温度って？」と、横から芽衣子が尋ねてくる。

「殺菌は約六十五度で三十分程の加熱が基本なんだ。この加熱殺菌の仕方によって、完成する牛乳の味が変わると言われている」

「すごく大事な工程なのね」

「だからソフィアもよろしいのですかって訊いてきたわけだが、問題ないと思うよ」

「そうなんだ？　味が変わるのに？」

「高温で加熱すると臭いがきつくなるんだけど、日本ではきつくなった臭いが好まれがちなんだ。だから、考えなしに温度を上げても大丈夫だろう」

「なるほどね」

「それに約六十五度で維持するなんて大変だからな。この島で求められるのは『手間暇かけた最高の品質』ではなく、『サクッとできる及第点の品質』だ。それなりに飲める味にさえ仕上がれば問題ない」

皆が納得したので話を終え、俺達もアジトに戻った。

◇

ほどなくして、念願の牛乳が完成した。

だが、しかし……。

「このままだと飲めたものじゃないな」

加熱殺菌を終えた直後の牛乳は、当然ながら熱々だ。飲む為には冷ます必要がある。

日本なら冷蔵庫にぶち込むか氷でも入れたら解決するが、残念ながらそうもいかない。

「とりあえずアジトの奥にある冷蔵エリアに保管して、飲むのは昼以降にしよう」

こういう時、海蝕洞(アジト)は便利だ。

入り組んだ空間の中には、さながら鍾乳洞の如き薄暗くて寒いエリアがある。外がどれだけ蒸し蒸ししていようと、変わることなく一〇度前後の気温を維持している場所だ。

まさに天然の冷蔵庫とでも言うべきそのエリアに牛乳を保管しておけば、勝手に冷めて飲み頃の温度となるだろう。

「言われたとおり置いてきたでマッスル！」

力自慢のマッスル高橋が、牛乳を冷蔵エリアに運んでくれた。

彼が戻ってきたことで、アジトの広場に全員が揃う。

「今日は日曜日だし、何もなければ昼まで自由行動で」

皆の口から続々と「異議なし」の言葉が飛び出す。

「では解散！」

「よーし、牛乳に合う魚を釣り上げるぞー！」

亜里砂は釣り竿を持って出ていく。

「拙者はもう少し寝るでござる」

「僕も寝足りないでやんす」

田中と影山は二度寝するようだ。

他のメンバーも各々の好きなように動いていく。

そんな中、俺は――。

「絵里、ちょっといいか？」

昼食の献立を考えている最中の絵里に話しかけた。

【ムダ毛の処理】

「それすごくいいアイデアだと思う！」

俺の話を聞いた絵里は声を弾ませた。

「材料的には揃っているからな。ただ、ミキサーがない分、ざらざらした仕上がりになると思うが」

「それで十分！　皆、絶対に喜ぶよ！」

「皆がどうかは分からないが、間違いなく俺は喜ぶから安心してくれ」

「あはは」

俺は絵里に、ある料理のレシピを教えていた。大して料理に精通していない俺が知っている数少ない一品だ。

「ミキサーの代わりだが、青銅の包丁を使うといいんじゃないかな。細かくカットしてから適当にすり潰す感じで」

「そうだね、そうする！」

「なんにせよ材料の調達が必要だな。採りに行こうか？」

「大丈夫！　力仕事になるし、高橋君に付き合ってもらえないか頼んでみる」

「それは名案だな」

「高橋君って、いつも海辺にいるんだっけ？　休みの日」

絵里が周辺を見渡す。

アジトの中にマッスル高橋の姿は見当たらなかった。

「海の近くで筋トレをしていることが多いよ。そこにいなかったら放牧場の近くだ」

「分かった！　ありがとうね、火影君！」

「こちらこそ、いつも美味しい料理をありがとう。楽しみにしているよ」

「うん！」

絵里はギュッと俺にハグをして、アジトから出て行った。

「さて、と」

絵里の手伝いをしないのなら、俺は暇だ。

（とりあえず追加でニワトリの捕獲でもしておくか）

放牧場には一〇羽の雌鶏がいるけれど、これでは足りない。

今のままだと一日に食べられる卵の量は一個未満である。卵は一日一個などと言われているが、それは日本における話だ。日本に比べて栄養バランスの調整が難しいこの島では、日に二・三個は摂取したい。

そんなことを考えていると、背後から名前を呼ばれた。

芽衣子だ。黒いパッツンロングは今日も艶やかである。

「ちょっといいかな？」

「ちょっとでいいのか？　たくさん大丈夫だぞ」

俺の冗談に、芽衣子がクスッとお淑やかに笑う。

「今回はちょっとでいいかな」

そう言って、彼女は本題を切り出した。

「今日はナイフを使う？」

「ナイフって、サバイバルナイフのことだよな？」

ひとえにナイフといっても種類がある。

アジトにある物だと、石器と青銅器、それに日本から持ち込んだサバイバルナイフ。

「うん、サバイバルナイフのこと。篠宮君のお気に入りの」

「使わないと思うが、使いたいのか？」

芽衣子は「ううん」と首を振った。

「今から剃刀を研ぐから、必要なら篠宮君のナイフも研ごうかと思って」

「そういうことか、助かるよ」

俺のサバイバルナイフはかなり上等な代物だ。切れ味の素晴らしさは当然として、刃の持続力も抜群に高い。たまに使う程度なら研ぐ必要はない。

ただ、この島では日常的に使用している。それもサバイバル生活の中での使用だから、なかなか結構な酷使だ。そのせいで、最近では切れ味が落ちてきていた。

「ナイフは俺の鞄に入っているから勝手に研いでくれ」

「了解」

現代から持ち込んだ物の大半が貴重だ。誰かが持ち込んだ安物の剃刀にしたって、此処では最高級の逸品である。切れ味が悪くなる度に研いで使っていた。

「あったあった」

芽衣子は俺の鞄からサバイバルナイフを取り出した。

「じゃ、研いでおくね」

「ありがとう。よろしく頼むよ」

芽衣子は頷くと、俺の全身を舐めるように見てきた。

「篠宮君って……」

「おう？」

「本当にムダ毛がないよね」

「それは自分でも思う。永久脱毛したレベルの体質に感謝だ」

俺は体質的な問題で、最低限の部位にしか毛が生えていない。腋や脛、胸や腕といった箇所はツルツルのピカピカである。髭も生えていない。

この体質は特に女子から羨ましがられた。

女子はこの世界でも外見を大事にしており、ムダ毛の処理に余念がない。俺たち男の見えないところで、密かに剃ったり抜いたりしている。

「さて、そろそろニワトリの捕獲に行ってくるぜ。あと二〇羽くらい欲しいから頑張らないとな」

「私も一緒に行きます！」

すかさず挙手したのは陽奈子だ。凄まじい速度で俺の横に立つ。

「手伝ってくれるのか、サンキューな」

「えへへ」

陽奈子が腕を絡めてくる。

それを見た芽衣子は、呆れたように笑った。

「篠宮様、私と天音も同行させていただいてよろしいでしょうか？」

ソフィアが天音を連れてやってきた。

「二人も手伝ってくれるのか」

「ニワトリの捕獲なんて滅多に経験できませんし、今日は休みですので」

「私はお嬢様の警護をする必要があるのでな」

「オーケー、なら協力してくれ。数は多いほうがいい」

二つ返事で快諾する俺。

陽奈子は何故か不満そうだ。唇を尖らせ、頬を膨らませている。

「残念だったわね、陽奈子」

芽衣子はニヤニヤしながら陽奈子の頭を撫でる。

陽奈子は「うぅぅ」と唸るだけ。

彼女が何を残念がっているのか、俺には分からなかった。

「四人もいれば十分だな。昼飯までには戻りたいし、早足で行こう」

こうして、俺達四人はニワトリの捕獲に繰り出すのだった。

◇

「コッコッコォ！」

俺達の背負う籠の中でニワトリが喚き散らす。

今回も楽勝で、あっという間に二〇羽のニワトリを捕獲した。

特に問題が起きることもなく帰路に就く。

「これは……思っていたよりも賑やかですわね」

ソフィアが顔をしかめる。

それだけニワトリがうるさいのだ。雌鶏といえども、捕まえて籠に放り込まれれば喚くもの。

黙らせたいなら目隠しをする必要がある。

「三人が手伝ってくれたおかげで快適だったよ」

「私もすごく楽しかったです！　手伝えることならなんだって手伝いますので、いつでも声をかけてくださいね！」

陽奈子は小さな体をぴょんぴょんさせる。

「篠宮様、ニワトリの数はこれで十分ですか？　アジトにいるものと合わせると三〇羽になりますが」

「どうだろう。全ての雌鶏が卵を産むとは限らないから、今はなんとも言えないな。産卵率が八割を超えていれば十分だが」

「問題があればまた捕獲に来ればいいんですよ！」

「陽奈子の言う通りだ」

ソフィアは「ですね」と頷き、話題を変えた。

「畜産や農業が始まったことで、一気に文明が進歩したように感じますわ」

「仰る通りです、お嬢様」

ソフィアの何気ないセリフに、大仰な反応を示す天音。

その様子に苦笑いしつつ、俺も同意した。

「文明の進歩と言えば……」

ふと思い出した。

「吉岡田が鋭意製作中の設計図だが、もうじき完成するそうだ。初めてだからどうなるかは分からないが、上手くいけば今度は家を作ることになる。そうなったらますます文明の進歩を感じられるだろうな」

吉岡田友則（とものり）――。

第四級アマチュア無線技士の資格を持ち、モールス信号を暗記している、語尾に「どうぞ」

を付ける高校二年生。てっきりその道のプロを目指しているのかと思いきや、夢はまさかの設計士。

彼は今日もアジトに篭もり、家の設計図を作るのに奮闘していた。

正直、家を造るのに設計図は必要ない。現代のご立派な家ならまだしも、造りたいのは縄文時代や弥生時代に使われていたような家だ。建築基準法もへったくれもない簡単な構造の建物である。

加えて、設計図が必要になるほどの広さを想定していない。どちらかといえば家というより物置に近いもので考えている。

それでも設計図から丁寧に準備していくのは、将来を見据えてのこと。

将来というのは、海を渡る為の船を指す。

この島には妙な特徴があり、島から離れようとすると荒波によって妨害される。海の向こうにある島へ行くには、強大な荒波を乗り切るだけの大型船が必要だ。流石に大型船を造るとなれば、設計図に頼らざるを得ない。

だからこそ、今の内から吉岡田の設計能力を鍛えておく。そしてこれは、設計図をもとに物を作る為の能力を鍛えることにも繋がる。吉岡田を鍛えつつ、俺達も鍛えられるわけだ。

「私のほうでも、実はとっておきの隠し球を用意しております」

「お嬢様が……隠し球ですか？」

驚いた様子の天音。

「それって、お姉ちゃんと二人で密かに作っている物ですか？」

「はい」

「うわー、気になります！　お姉ちゃん、私にも教えてくれなかったから！」

「きっと感動していただけることでしょう！」

ソフィアは口に手を当て、「ふふふ」と笑う。

彼女らのやり取りを見ていてピンッと来た。隠し球ってアレのことか、と。

しかし、ここは知らない振りをしておこう。

「この調子だと数年後には今の日本に追いついているかもしれませんね、私達の文明！」

陽奈子が笑いながら言う。冗談半分といったところだ。

それでも俺は、「ないない」と笑いながら否定した。

「俺達の文明は既にゴールの手前まで進んでいて、他にできることは限られている。ここから先へ進むには科学の力が必要だ。ところが、俺達は科学に疎い。ペニシリンの発見はおろか、ダイナマイトの開発すらできる気がしない」

「ダイナマイトなら私が作れるぞ」

ニヤリと笑い、誇らしげな天音。

俺は「いや」と首を振った。

「たとえ話だよ。本当にダイナマイトを開発したいわけじゃない」

「そうか……」

天音は残念そうに俯いた。

「私達の文明って、もうゴール寸前なんですか？」

陽奈子が首筋の汗を手で拭う。

「ゴールまで残り二〇パーセントといったところだ」

「そうなんですか!?」

「今後は進歩より拡充させる方向で動くことになるだろう」

「拡充……？」

「農業や畜産を発達させたり、生活で使う道具をアップグレードしたりする。生活基盤を強固にして日々の暮らしを快適にするわけだ」

それと種の存続を考えて……と、これは言わないでおこう。

「むっ？」

天音の眉がピクピクッと動く。何かに気づいたようだ。

「篠宮火影、分かるか？」

俺は「ああ」と頷く。天音より遅かったが、俺も気づいていた。

「今、何か普通と違う音がしたな」

聞き慣れない音が耳に入ったのだ。ドスンッという鈍い音で、動物の歩行音や草木が揺れる音ではない。

「音の発生地点はそう遠くないはずだが」

周囲を見渡すが、これといった変化は見当たらない。不意打ちだったこともあり、音の詳しい出所が分からなかった。

「あっちだ」

一方、天音は的確に把握していた。向かって右側を指している。

彼女が指した先には木があり、一本だけ太めの枝が折れていた。

「たしかに、あの折れた枝が怪しいな」

「どうする？」

天音は背負っている籠を地面に置きながら、俺に判断を仰ぐ。

「確認しにいこう。ソフィアと陽奈子もついてきてくれ。俺達の籠を頼む」

俺は自分の籠を陽奈子に渡す。

「任せてください！」

陽奈子は俺の籠を両手で抱きかかえる。

ソフィアも同じようにして天音の籠を持つ。

「行こう」

警戒感を高めつつ、俺達は音の発生源へ近づく。

「これは……」

すぐ傍までやってきて、音の正体が分かった。

それは予想だにしないもので、俺達は口をポカンとさせる。

「篠宮火影、どうする？」

「どうすると言われても……どうしたものか」

音の正体は人間だった。

牛乳瓶の底みたいな眼鏡を掛けた女である。

【小野詩織】

「うぐ……ぐぐぐ……」

俺達の発見した女は、盛大に尻餅をついていた。両サイドの三つ編みが艶を失っている。女の目には涙が浮かび、首にはボロボロのロープ。

(折れた枝に首のロープ……)

状況から考えるに、自殺しようとして失敗したのだろう。

いや、それよりも。

「お前はたしか……小野(おの)だっけ？」

目の前の女に見覚えがあった。

同じ学年の小野詩織(しおり)だ。瓶底眼鏡が特徴的であり、髪型も相まって印象は薄い。地味の中の地味といった感じ。あまりに地味過ぎて逆に覚えているくらいだ。

そんな彼女のあだ名は「妹子(いもこ)」。地味を表す「芋」と小野妹子(おののいもこ)を掛けたもの。言われて気持

ちのいいあだ名ではない。俺に対する「忍者」より格段に酷いものだ。

そのあだ名からも分かる通り、彼女はカーストの下層に位置する人間である。

「篠宮君……？」

詩織は立ち上がり、首にまとわりつくロープを払い落とす。喉の辺りにはロープの痕がくっきりついていた。

「次に自殺する時は、ロープを枝の根元に括り付けるといい。そうすれば、枝が折れて失敗することはないだろう」

天音が真顔でとんでもないアドバイスを繰り出す。

「天音、そういう話ではありません」

「はっ、失礼いたしました」

ソフィアは小さく頷き、二つの籠を地面に置く。重かったのだろう。

それを見た陽奈子も同じように籠を置き、「ふぅ」と息を吐いた。

「篠宮君、生きていたんだ」

詩織が驚きの目で俺を見る。その口ぶりから察するに、俺達は死んだと思われていたようだ。

おそらく他所のチームでは、皆が同じように認識しているのだろう。

「天音、詩織の所属は？」

「皇城だ」

天音は答えつつ、周囲を警戒している。一切の気を緩めていないのは流石だ。

「鷲嶺さんと鬼龍院さんも生きていたんだね」

「はい、見ての通り元気に過ごしておりますわ」

「たしかに、なんだかすごく血色が良くて元気そう。何がどうなっているの？」

俺はどう答えようか悩んだ。詩織の処遇を決めかねているから。

このまま零斗のもとへ帰らせたら、俺達の状況がバレてしまう。そうなれば、零斗がこちらに迫ってくる可能性は高い。零斗の動きを見て笹崎までやって来かねない。かといって、口封じに殺すほどの非情さは持ち合わせていないわけで……。

とりあえず、質問には答えない道を選んだ。

「小野の方こそ何をしていたんだ？　こんなところで」

詩織は力なく笑った。

「分かっていると思うけど自殺しようとしていたの。もう嫌になっちゃってね、生きていくのが。でも、自殺って思っていたよりも難しいね。失敗しちゃった」

「どうしても死にたいなら、私が殺してやってもいいぞ。お前の鞄に入っているハサミで心臓を貫けば、苦しむ間もなく確実に死ねるだろう」

「天音、貴方は少し黙っていなさい」

「申し訳ございません、お嬢様」

俺は詩織の傍に落ちている鞄を見た。少し開いた口の中にハサミが垣間見えている。

「黙れと言われたばかりのところ申し訳ないが……天音、今の詩織の話に嘘は？」

天音がソフィアを見る。口を開いていいかの確認だ。

ソフィアが頷くと、天音は答えた。

「本当のことを話している」

天音には嘘を見抜く能力がある。

目や脈の些細な動きで、他人の嘘を見破れるのだ。本人曰く、「相手がプロなら通用しない」とのことだが、この場に嘘吐きのプロなどいるわけもないので、その精度には絶対の信頼を寄せていた。

「自殺か……」

詩織の様子や彼女の発言から考えると――これはチャンスだ。

「自殺もいいが、その前に俺達のアジトへ来ないか？」

俺は詩織を勧誘することにした。

彼女が仲間に加われば、俺達の情報が零斗や笹崎に渡ることはなくなる。さらに俺達は人手が増えてニッコリ。一石二鳥だ。

「アジト？」

首を傾げる詩織。

「俺達は零斗や笹崎の集団から離れて活動している。メンバーはこの場に居る者を含めて十四人。その内の一人は色々あって不在だから、それを差し引くと十三人だ」

「そんなにいるんだ」

「たぶん、いや、間違いなく感動すると思うぜ、俺達の生活を見たら。そのあとでまだ自殺したいって言うなら、止めないからどうぞ遠慮無く死んでくれてかまわない。だが、もし自殺する気が失せたのなら、俺達の仲間になってくれないか。人手はいくらでも欲しい」

「仲間に……」

「ご安心ください」

ソフィアが自分の胸に手を当てる。

「皇城白夜様が支配していた頃に横行していたような、女性の尊厳を無視した行為は一切ありません。そのことはこの私が保証いたしますわ」

「付け加えるなら、ウチは男よりも女のほうが多い。リーダーは俺が務めているけれど、生活の中心になっているのは女性陣だ。白夜がやっていた階級制度を導入しようものなら、チームは瞬く間に崩壊するだろう」

「その通りです！　すごく、すごくいいところですよ！」

これまで静かだった陽奈子が口を開く。

「じゃ、じゃあ、篠宮君達のアジト、行ってみる」

「決まりだな」

俺は詩織と握手を交わす。

「小野だけ苗字で呼ぶのは俺自身が気持ち悪いから、今後は詩織って呼ばせてもらっていいかな？　馴れ馴れしくて申し訳ないけど」

「いいよ。ところで、籠に入れているニワトリは何に使うの？」

詩織が籠に目を向ける。

二〇羽の雌鶏が不満そうにコッコと鳴いていた。

「卵を産んでもらうんだ。この島で食う卵料理は最高に美味いぜ」

ニッと笑う俺。

「えっ、卵を産む？　卵料理？　ええっ？　えええ……えぇっ？」

詩織は顎が外れそうなくらい驚いていた。

◇

アジトへ戻る道中、詩織に詳しい事情を尋ねた。

どうして自殺未遂に至ったのか、何に対して嫌気が差したのか。

俺は勝手に、レイプの被害に遭ったのだろう、と予想していた。口には出していないが、他の三人も同じように思っていたはずだ。

しかし、実際は違っていた。

詩織はレイプされていなかったのだ。地味な見た目から白夜時代の階級は五位で、誰にも指名されることがなかった。

白夜が死んだ後は零斗のチームに所属していたので安全だ。階級制度は存在しているが、強姦の権利は廃止されている。それに、大半の男には性行為に耽るだけの体力すら残されていないのが現状だった。

　それでも彼女が自殺しようとしたのは、過酷な生活が続いて精神的に参ったからだ。五位なのであらゆる環境が悪く、周囲に目を向ければ病気や飢餓で衰弱しきった者ばかり。中には命を落とした者もいる。そこへ笹崎達の襲撃も加わった。

「ぎりぎりで保っていた糸がいきなりプツッと切れたんだよね」

「それで自殺する為にチームを抜けたってことか」

「うん」

「そういう経緯なら、感動も一入だと思うよ」

　俺は「見えてきたぜ」と前方を指す。

　いよいよ森を抜けて、放牧場と田畑が姿を現した。

「なにこれ!?　牛やニワトリ、それに畑まで……」

　詩織は立ち止まり、口に両手を当て、目をぎょっとさせている。

「これ、篠宮君達が作ったの？」

「そうだよ。牛やニワトリを囲む木の柵も作った。田んぼに流れている水だってそうだ。皆で協力して川の水をここまで引いたんだ。感動しただろ？」

「すごい、すごすぎる……。皇城君達とは全然違う……なにもかも……」

「まぁ、そうだろうな」

皇城チームや笹崎チームは、未だに場当たり的な生活をしている。

ヘトヘトになりながら狩猟をし、味のない山菜やキノコを食べる日々。近くに海がないので、海水を煮詰めて塩を作ることもできない。食事は不味くてたまらないだろう。ご馳走といえば付近に自生している果物くらいだが、そんなものは遙か昔に食べ尽くしていた。

それに比べて、俺達は持続的な生活を実現している。

農業や畜産によって食材の供給を安定させているし、食器だって使う。食材はただ焼くだけでなく、しっかり調理する。この世界でも、食事は美味しくて楽しいものだ。

詩織からすると、まさに別世界——天国と言えるだろう。

「どうだ？　まだ自殺する気はあるかな？」

「ううん、そんなことない！」

詩織は激しく首を振った。

「なら、俺達の仲間になってくれるか？」

「うん。私もここで働きたい。是非とも篠宮君達の仲間に加えてほしい」

「もちろん大歓迎だ。ありがとう、すごく嬉しいよ」

「私のほうこそ招待してもらえてよかった、本当に」

俺は体内時計を確認する。昼頃だ。

周囲は無人で、他のメンバーが見当たらない。アジトで昼食の時を待っているのだろう。

「ちょうど昼メシの時間だ。幸いにも今日の昼ご飯はいつも以上にヤバい。間違いなく今の感動を上回る最高の感動が待っているぜ」

　捕獲したニワトリを放牧場に放してからアジトへ向かう。

　こうして、小野詩織が仲間に加わった。

【偽りの妹子】

　案の定、俺達以外のメンバーはアジトにいた。

「遅かったから心配したぞ！」

　そう言ってから、亜里砂は気づいた。俺の隣に立つ詩織に。

「火影、その人は？」

「新しい仲間だ。作業から戻る道中で見つけた」

　俺は詩織に、「自己紹介を」と促す。

「仲間として活動する以上、私も偽りの姿は終わりにしないとね」

　詩織が意味不明なことを言い出す。

　そして次の瞬間、俺達は衝撃を受けることになった。

「私は三年の小野詩織。よろしくね」

　詩織は眼鏡を外して三つ編みを解いた。

　その姿を見た俺達は、揃いも揃って口をあんぐりさせる。

「信じられん……！　眼鏡と髪型でこうも変わるのか……！」

「ほ、本当に『妹子』と呼ばれていた御方でござるか……？」

俺や田中をはじめとする男性陣は、詩織の容姿に驚愕した。偽りの姿をやめた彼女は、ウチの女性陣に劣らぬ美しさをしているのだ。地味さが消えて、年齢以上の大人っぽさが醸し出されている。文句なしにハイレベルだ。

一方、ソフィアと天音を除く女性陣は違う理由で驚いていた。

「えっ、小野さんって、あの小野さんだったの!?」と愛菜。

「うっそーん!?　まじかよぉ！」

「私、あんなに喋っていたのに気づかなかった……」

「絵里、どういうことだ？　今の姿になった詩織と仲良しなのか？」

「仲良しというか……私の担当美容師さんなの」

「なんだって!?」

詩織が「黙っていてごめんね」と笑う。

「学校以外ではこの姿で働いているの。両親が経営する美容院でね」

「まさか〈Ｏｈ ＮＯ！〉のカリスマ美容師が詩織だったなんて……」

絵里が口にした店名は俺でも知っている。名前だけだが。

詩織の両親が経営する美容院〈Ｏｈ ＮＯ！〉は、女子高生や女子大生を中心に超絶的な人気を誇る有名店だ。学校では多くの女子が話題にしており、少なくとも二日に一回はその名を耳にする。

「あの店、詩織の両親が経営しているのか」

「あら篠宮君、ウチの店を知っているんだ？」

「そりゃ超が三つは付く程の有名店だからな。それにしても、どうして偽りの姿を？」

「美容師って国家資格が要るのよね。私は資格のないもぐりだから、バレるわけにはいかなかったの。店でも表向きは別の人が担当したことになっていたでしょ？」

　女性陣が「たしかに」と頷いた。

「芽衣子と陽奈子も詩織に切ってもらっていたとはなぁ！」と亜里砂。

「すごく上手だし、何よりお店の居心地がいいんだよね。私や陽奈子はコミュ力が高くないから、なかなか快適に過ごせるお店を見つけるのが大変で」

「そ、そうなのです！」

「さっすが小野ちゃん！　コミュ力の怪物め！」

「あはは、亜里砂には敵わないよ。あっ、自然に亜里砂って呼んだけど大丈夫？」

「大丈夫大丈夫！　私だけじゃなくて、皆のことは呼び捨てでいいよ！」

「分かった、ありがとう」

　その後も詩織は、女性陣と楽しそうに会話していた。

（これが詩織の真の姿か）

　見た目だけではない。口数の多さも学校とは比較にならない。

学校における詩織は、芽衣子に匹敵する程の静かなタイプだった。

「とはいえ、いくらなんでも徹底しすぎだろ。その眼鏡、レンズが牛乳瓶の底みたいだし、相当な度数だろ。掛けなくて大丈夫なのか？」

女性陣の会話に割って入り、詩織に尋ねる。

「ああ、これ？　度なしだよ」

詩織が眼鏡のレンズを俺に向ける。

「篠宮君はウェアラブル端末って分かる？」

「分かります！　どうぞ！」

急に反応したのは吉岡田だ。

「ウェアラブル端末……？」

俺にはさっぱり分からなかった。聞き覚えのある単語だなぁ、といった程度。

この中でそれが何か分かる人間は少ない。大半の人間が頭上に疑問符を浮かべている。

見たところ分かっていそうなのは、吉岡田を除けばソフィアと花梨くらいだ。

「要するに機械なのよ、これ。見た目を眼鏡だけど、実際は眼鏡じゃない」

「眼鏡だけど眼鏡じゃない……？　じゃあ、その眼鏡風の機械はどういう代物なんだ？」

「平たく言えばスマホやパソコンと一緒。そういう認識なら分かりやすいかな？」

「なんとなく分かったような気がする。自信ないけど。で、どうしてそんな物を装着しているんだ？　地味な姿を装うだけなら、別に普通の伊達眼鏡で十分じゃないのか？」

「仰る通り、姿を偽るだけなら伊達眼鏡で十分だね」

「なら、なんで？」

「カンニングで使っていたの」

「カンニングだと!?」

詩織は眼鏡を掛けて、激しく瞬きする。端末を操作しているらしい。

「これでオッケー。掛けてみて」

詩織から眼鏡を渡されたので、言われたとおりに掛けてみる。

「なんだこりゃ！」

レンズを見た俺は思わず叫んでしまった。

「なになに！　どうなってるの!?」

「傍からは変わりないように見えるけど、何か映ってるの？」

亜里砂と愛菜が訊いてくる。

「レンズに試験範囲の情報が映っているんだ。今は英単語が表示されていて、それを見れば単語の意味やつづりが一瞬で分かる」

「見ている英文を自動的に翻訳する機能も備えているよ」と詩織。

俺達は「すげぇ！」と叫んだ。

「スパイ映画に出てくるハイテク機器かよ！」

亜里砂の言葉には俺も同感だった。

「すごいなこれ。こんなカンニング道具があるのか」

眼鏡を外して、反対側からレンズを確認する。

不思議なことに、表示されているはずのカンニング情報が見えない。つまり、傍からはただの眼鏡にしか見えないということだ。

「地味な女がカンニングしているなんて思わないでしょ？」

詩織が笑いながらウインクする。

「とんでもねぇな……」

謎のハイテク機器もそうだが、それでカンニングする詩織の肝っ玉にも恐れ入る。

「話が脱線しちゃったけど、そんなわけで、私は髪を切るのが得意なの。髪を切る為の道具が鞄の中にあるから、今後は美容師としても貢献するね。田中君とか目元が隠れるくらいまで伸びているし、あとで切ってあげるよ」

「い、いいのでござるか!?」

「もちろん」

「ありがとうでござる！　詩織殿！　かたじけないでござる！」

詩織は鞄の中からシザーケース――美容師や理容師が道具を収納するのに使う小さな入れ物のこと――を取り出し、腰に付ける。制服にシザーケースとは妙な組み合わせだが、不思議と違和感を抱くことはなかった。

（せっかくだし俺もカットしてもらうか）

髪が伸びているのは俺も同じだ。いつの間にやら耳にかかる長さまで伸びていた。

「さて――」

詩織の件で盛り上がった後、いよいよ本日のお楽しみに入る。

「いい感じに冷えたから飲もうぜ」

牛乳の登場だ。

漆器のコップに純白の液体が注がれていく。

コップは余分に作ってあるから、その内の一つを詩織に渡す。

「この世界で牛乳が飲めるなんて……本当に感動の連続ね」

「そうだろ？　だが、実はまだ切り札が残っているんだ」

「切り札？」

「もうじき分かるさ。それより、まずは牛乳を味わうとしよう。俺達にとってもこれが初めての牛乳だ。わくわくするぜ」

俺達はコップを掲げた。

「詩織の加入と牛乳の完成を祝して、乾杯！」

「「「「かんぱーい！」」」」

いい感じに冷えた牛乳を皆で飲む。

「「「「うめぇぇぇぇぇぇぇぇ！」」」」

誰もが興奮し、叫んだ。

鶏卵に続いて牛乳も神懸かり的な美味さをしていた。コクが強くてまろやか。それでいて高濃度。これぞまさしく求めていた牛乳だ。

「おかわり、おかわりが欲しいでござる！」

「俺もだ！」

「あたしにもちょうだい！」

コップの牛乳を飲み干すなり、俺達はおかわりを求めて群がる。狂気染みたレベルで牛乳を飲みまくった。

飲みきれるか不安なくらい搾乳したのに、あっという間に飲みきってしまう。

「たはー、飲んだ飲んだ。こりゃ、今日の昼ご飯はそんなに入らないかもなぁ！」

亜里砂が膨らんだお腹を撫でながらゲップする。

「はしたないなぁ」と呆れる絵里。

「ねぇ火影、さっき詩織に言っていた切り札って何？」

訊いてきたのは愛菜だ。

「それ、私も気になっていた」と花梨。

「皆も知らないんだ？」

詩織の言葉に「まぁな」と頷く。

「絵里、アレを出してやってくれ」

「待ってました！」

絵里が弱火で煮込んでいた鍋の蓋を開ける。

その中に入っている物を見て、皆がドッと沸いた。

「スープじゃん！　スープ！」

亜里砂が叫ぶ。

「火影君にレシピを教わったから作ってみたの」

絵里が用意したのはコーンスープだった。

「自分がすり潰したコーンはこの中に入っているでマッスルか？」

「うん！　高橋君、作業を手伝ってくれてありがとうね」

「おやすい御用でマッスル！」

「うおおお！　早く食べようよ！　絶対美味しいやつだよ、このコーンスープ！」

「作った私が言うのもなんだけど、美味しいと思う！」

絵里が漆器のお椀にスープを入れて配る。

「お椀に入れると味噌汁を彷彿としますわ」とソフィア。

「高級店だと底の浅い皿を使うのだろうけど、ここに専用の食器はないからな」

絵里の代わりに俺が答える。

そうこうしている間に、全員のもとへコーンスープが行き届いた。

「うん、いい香りだ」

湯気から漂うコーンの甘い香りが食欲をそそる。

俺は「いただきます」と言って、スープを啜った。

「これは……想像以上だな」

一口目から感動を禁じ得ない。

亜里砂が「うんまぁ！」と叫んだ。

他のメンバーも賞賛の言葉を口にする。

「すごく濃厚で美味しいです！　篠宮さん、このスープはどうやって作るのですか？」

「コーンと牛乳以外には何を使ったの？」

朝倉姉妹が同時に訊いてくる。

「材料はコーンと牛乳、あとは塩だけだ」

「それだけでいいの？」

「コーンスープはそれだけで十分だ」

「意外ね。これだけ深い味わいなのに」

「味の深みに繋がっているのはトウモロコシの芯だろうな。ざく切りにしたものをすり潰して煮込んでいる。あと、塩を二回に分けて入れているのもポイントだ」

「火影君のレシピは簡単だけど手間がかかるの。でも、その手間に見合った美味しさがあるよ。自画自賛になっちゃうけど、このスープ、そこらのお店にだって負けないと思う！」

皆が強く頷いた。

「すごいね、篠宮君のレシピ」

「ま、元々はプロの料理人がテレビで紹介していたものだけどな」

「それで妙に繊細だったんだ！　火影君のレシピにしては凝ってると思っていたの！」

「俺だったら全部ぶっ込んでおしまいだからな」

「それでこそ火影君っぽい！」

「なんだテレビの受け売りかよぉ！」

亜里砂が愉快げに笑う。

「一応、プロとの違いもあるんだぜ。プロは調理にミキサーを使うが、俺のレシピはそれを手作業で済ませる。ミキサーがないからな」

「そこは大して変わらないっしょ！」

「舌触りが大きく変わるだろ。これによって味が更なる進化を遂げてだな……」

「あーもう結構でーす！　絵里、コーンスープおかわりを早く！」

「はーい！」

詩織の歓迎会を兼ねた昼食は、終始、賑やかな空気に包まれていた。

【カリスマ美容師】

牛乳とコーンスープに感動し、詩織の歓迎会も終わった。

この後は日曜日なので自由に活動する――と、思いきや。

「田中のくせに一番とか生意気だぞ！」

「申し訳ないでござるな、亜里砂殿。しかし、拙者もたまには優先してもらわないと困るでござるよ。デュフフ」

「なぁにぃ！」

「はいはい、あとでちゃんとカットしてあげるから喚かないの」

偵察に出た天音を除く全員が、アジトの近くにある砂浜に集まっていた。

カリスマ美容師の詩織に髪をカットしてもらう予定だ。

一番手は田中で、それに対して亜里砂がぶーぶーと文句を言っていた。

「それでは詩織殿、よろしくお願いするでござる」

「はーい」

田中は大きな丸太の上に座り、詩織に髪を切ってもらう。

他のメンバーは少し離れたところで横一列に並び、その様を眺めていた。

「――その中でも拙者のお気に入りはヒメコたんでござるよ！」

「へぇー、そうなんだ？　そのアニメってシリーズものだよね？　何年もテレビで放送されている気がするけど」

「さようでござる！　魔法少女マジックヒーラーズは、ただいま七期が放送中の大人気アニメでござるよ。拙者が推すヒナコたんは四期まで出演していて、ファンの間でも人気が高いことから――ペラペラ、ペラペラ」

田中が上機嫌でアニメのことを話している。

詩織は適当な相槌を打ちつつ、しばしば質問を織り交ぜるなどして会話を弾ませている。およそ興味ないであろう話題なのに、うんざりする様子は見られない。それどころか楽しそうだ。

(カリスマ美容師はコミュ力も一流だな)

改めて詩織の実力に感心する。

「はい、終了。お疲れ様、田中君」

「ぬっふっふ、ありがとうでござる！　詩織殿、また今度、アニメについて語らおうでござる。それとよければ、拙者と影山殿の研究会に所属してほしいでござる。詩織殿なら大歓迎でござるよ！」

「あはは、考えておくね」

「おい田中、もうカットは終わっただろ！」

亜里砂が「どいたどいた」と手で払う。

「仕方ないでござるなぁ、亜里砂殿は」

田中はニヤけながら立ち上がり、亜里砂の肩に左手を置いた。

「トークの魔術師たる拙者の後は緊張すると思うでござるが、亜里砂殿のコミュ力なら、まぁ、拙者の半分くらいは盛り上げられるでござるよ」

「あんたが盛り上がったのは小野ちゃんが話を合わせてくれたからでしょうが！」

「ふっ、女の嫉妬ってやつでござるか？」

田中は自分がコミュ力の化身にでもなったと誤解しているようだ。

俺達は「だめだこりゃ」と苦笑い。

「拙者はこれにて失礼つかまつる！」

田中はリズミカルな足取りで去っていった。

「小野ちゃん、次！　私！　私！」

空いた丸太に亜里砂が座る。

「亜里砂はいつもみたいな感じでいい？」

「うん！」

亜里砂は小さな子供を彷彿させる無邪気な笑みを浮かべ、ポニーテールを解く。

(流石にカットする時はポニーテールじゃないんだな)

妙な感動があった。

ポニーテールではない亜里砂を見るのはこれが初めてだ。なにせ普段は眠る時ですら髪を束ねている。

「篠宮殿ォ！」

どこかへ行ったはずの田中が猛ダッシュで戻ってきた。

それに驚いて振り返る俺達。

「何か問題でもあったのか？」

「大ありでござるよ！」

田中がビシッと亜里砂を指す。

「あの美女は誰でござるか!?」

「誰って、あれは……」

「ええい、誰でもかまわぬでござる！　新メンバーでござるな！」

田中は列をごぼう抜きして亜里砂の正面に立つ。そして、音速で跪いた。

「はじめまして、拙者は田中万太郎。トークの魔術師でござる。火熾しなど、何か分からぬことがあれば拙者に頼るでござる。軽妙なトークと共に手取り足取り優しく教えるでござるよ」

「…………」

固まる亜里砂。

俺達もカチコチに固まった。詩織も呆然としている。

「詩織殿のカットによってイケメンになった拙者を見て緊張しているでござるな？　しかしご安心を。拙者、先ほどまでオタクの中のオタクでござった。人は変われるでござるよ」

（詩織は髪の長さを軽く整えただけだぞ。だからお前の見た目はオタクのままだ）

心の中で言いつつ、俺は事態を静観する。

ほどなくして、亜里砂が口を開いた。

「あんた、なに言ってんの？」

「なっ……」

田中が目をぱちくりさせる。

「その声……も、もしかして、亜里砂殿？」

「もしかしなくても亜里砂だよ、私は」

亜里砂が真顔で返す。

途端に田中の顔面が汗まみれになった。

「し、失礼したでござる！」

田中は顔を真っ赤にして、恥ずかしそうに逃げていく。

「田中君は新入りに手を出すタイプなのかぁ」

詩織が笑いながら呟く。

「えっ、さっきのって、もしかしてナンパだったの!?」

「そうだよ。亜里砂のこと、新入りと間違って口説こうとしたの」

「はぁ!?　あんなので口説けるわけないし！　って、それじゃあ、小野ちゃんがあとで田中の餌食になるの!?」

「どうだろう？　それより、前に店でしていた話の続きしない？　美味しい小籠包が食べられるお店の話。たしか本当に美味しいか検証するって店に行ったんだよね？」

「そうそう！　すっごい行列だったけど頑張って並んだの。でね——ペラペラ、ペラペラ」

詩織のトーク術によって、亜里砂は一瞬で田中のことを忘れ、上機嫌で話し始めた。

それに対して、詩織も楽しそうに返している。

田中の時と同じで、今回も会話の盛り上がりが凄まじい。詩織こそトークの魔術師だ。

「これでおしまい！　切るだけでごめんね」

「そんなことないよ！　小野ちゃんに無料で切ってもらえるとか最高だし！」

「ありがと、また話そうね」

「うん！」

亜里砂は髪を束ねると、ウキウキした様子で去っていく。

「次の方ー」

「自分でマッスル！」

「わお、すごい筋肉。何かしているの？」

「自分はボディビルダーでマッスル！」

「そうなんだ。ボディビルダーって、筋肉の美しさとかで競うんだっけ？」

「そうでマッスル！　ただ鍛えればいいというわけではなくて——ペラペラ、ペラペラ」

それほど口数の多くないマッスル高橋まで饒舌になる。

そして詩織とマッスル高橋は、ひたすらに筋肉の話で盛り上がった。

「はい、できたよ」

「ありがとうでマッスル！　よければまたお話しさせてほしいでマッスル！」

「いつでも。私も分からないこととか質問すると思うから、その時は教えてね」

「もちろんでマッスル！」

マッスル高橋は素敵な笑みを浮かべ、丁寧におじぎしてから去っていった。

（詩織にカットしてもらった人間は例外なく幸せそうだな）

俺はカリスマ美容師のテクニックに感心しっぱなしだった。

◇

「お疲れ様、ソフィアちゃん」

「ありがとうございました。詩織さんにカットしていただくのはこれが初めてですが、皆様が絶賛するだけあり、とても素晴らしかったです。また髪が伸びてきましたら、是非ともよろしくお願いいたしますわ」

その後も詩織は、順調にカットを進めていった。

一人、また一人とカットを終え、残すは俺と陽奈子のみ。

「陽奈子ちゃんは、本店と支店の両方に来てくれたよね」

「はい！　お、覚えていてくれたのですか!?」

「もちろん！　一度でも担当したお客様の顔は忘れないよ。それに話した内容も」

「すごいです！」

「ただの職業病だよ。ま、私はモグリなんだけど」

「そういえば、詩織さんはどうしてモグリなんですか？　これだけ上手なのに」

「美容師の国家資格は実力云々で取れるものじゃないからね」

「えええ！」

「試験を受けられたら余裕で合格できるだろうけど、今はまだ試験を受けることすらできないから」

「どうすればその試験を受けられるようになるのですか？」

「国が認めた美容師関連の学校に何年か通えば受けられるよ」

「なるほど……」

　ここで詩織が話題を変える。

「陽奈子ちゃん、なんだか雰囲気が変わったよね」

「そうですか？」

「前より格段に明るくなったと思う。この島に来ていいことあったの？」

「えっと、それは――……」

　陽奈子の顔がポッと赤くなる。

「あはは、恥ずかしいなら言わなくて大丈夫だよ」

「うぅぅ……でも、そうです、いいことがありました！」

「そっかそっか！」

　そうこうしている間に、陽奈子のカットも終わった。

「詩織さん、ありがとうございました！」

「こちらこそ、また話そうね」

「はい！」

陽奈子は丸太から立ち上がると、俺に微笑みかけてから離れていった。

「最後は篠宮君だね」

「おう。でも、その前に休憩を挟まなくて平気か？」

「大丈夫。これがあるから」

詩織が浄水機能付きボトルを持つ。俺が渡した物だ。彼女はそれを使い、冷たくて美味しい水をゴクゴクと飲む。豪快に水を飲んだ後、「ぷはぁ」と気持ちよさそうな声を出した。

「これで回復！」

「なら遠慮無くお願いするとしよう」

俺は丸太に腰を下ろす。

「足下は見ないでね」

「そのセリフ、もう少し早く言ってほしかったな」

俺は足下を見ながら苦笑い。

地面には大量の毛が散乱していた。砂が見えない。気持ち悪い光景だ。

「店だったら床の髪を掃除するんだけど……」

「ここじゃそういうわけにもいかないわな」

「ごめんね」

「謝ることじゃないさ。仕方ない」

詩織は「ありがと」と答え、俺の髪を触ってきた。

「どんな風にしたいとかある？」

「短くサッパリで頼む。普段は千円カットしか行かないから、シャレたことはよく分からないんだ。なので細かいことは全てお任せするよ」

「じゃあ皆と一緒で軽く梳(す)いて長さを調整するね」

「分かった」

詩織は俺の髪から手を離し、髪用のハサミで櫛(コーム)を優しく叩いた。

「その動作、カットの前に必ずやってるけど何か意味あるのか？」

「これは櫛に付着している毛を落としているの」

「そうだったのか」

「他の人の毛が付着したままだと嫌でしょ」

「まぁな」

詩織がカットを始める。

耳元で鳴るハサミのチョキチョキ音が心地よい。

「私のカット技術、千円カットしか行かない篠宮君から見てどうかな？」

「ぶっちゃけると、さっぱり分からん」

俺には詩織のテクニックが毛ほども理解できなかった。

トーク技術の高さは目に見えて分かるのだが、髪を切る技術に関しては分からない。毛先をちょろっと切っただけにしか見えず、その気になれば他の人間でも容易にできそう、というのが本音だった。

「それでも上手いってことは分かるよ」

「さっぱり分からないのに？」

「だって詩織にカットしてもらった後、誰もが満足気な表情をしているからな。髪にうるさい女性陣もニッコリだ。実力があるのだろう。もし詩織の腕が未熟なら、少なくともソフィアは不満そうな顔をしていたはずだ」

「なるほど」

「ところで、詩織の店ではカットにいくら取るんだ？」

「美容師によるけど、私だったら六千五百円かな」

「たっけぇ」

「一応、千円カットと違って髪を洗ったり簡単なマッサージをしたりするから。そういうのも料金に含まれているってことで」

詩織が苦笑いを浮かべる。

「そんな値段でも予約で埋まってるんだろ？　大したものだ。おそらく千円カットとは感覚が違うんだろうな」

「感覚って？」

「詩織の店は単純に髪を切るだけじゃなくて、会話を楽しむこともサービスに含まれているのかなって。千円カットの場合、十分程度でサクッと仕上げてくれるし、会話も基本的にはないよ。言うなれば髪のライン工だ」

「髪のライン工って」と笑いつつ、詩織は「そうかも」と同意した。

「篠宮君は美容院に行ったことある？」

「たぶんないと思う。千円カットは理容室だよな？」

「そうだね、理容室」

「美容院と理容室はどう違うの？　店の雰囲気が違うことしか分からない。安くて男っぽいカット屋が理容室って印象だ」

「あはは。たしかに理容室は男性客が中心だから男っぽいかもしれないけど、安くてってのは間違いだよ。中には高くて上品な雰囲気のお店もあるから」

「なら値段は関係ないわけか」

「そうだね。細かいことを省いて説明すると、美容院と理容室には決定的な違いが二つある」

「二つ？」

「まずは仕上がりだね。男性の場合、美容院でカットする髪はセットすることを前提に切るの。美容院で仕上げてもらった髪型を翌日以降も再現するならワックスをつけるのが普通だね。それに対して、理容室はセットしなくてもいい感じになるよう切るの」

「たしかに俺の髪は寝起きでも大して変わらないな」

「それが理容室の切り方だね」

「なるほど。もう一つは？」

「剃刀の扱い。理容室には顔剃りがあるよね。あれ、美容師はしちゃいけないの」

「顔剃りができるのは理容師だけなのか」

「そういうこと。顔剃りは理容室の醍醐味だからね」

「千円カットにはないんだけどな、顔剃り。代わりに髪の毛を掃除機で吸ってもらえるよ」

詩織が笑う。

「シャンプーの代わりに掃除機で髪を吸うのって面白いよね」

「回転率重視の為なんだろうけど、なかなか気持ちいいんだぜ、髪の掃除機」

「そうなんだ。私も体験してみたいなぁ」

「家の掃除機で吸えばいいさ」

「それはやだー！」

気がつくと俺も愉快げに話していた。詩織のトーク技術は本当に天晴れだ。

「はい、おしまい！」

楽しく話している間にカットが終わる。

「すごいな、恐れ入ったよ」

「私のカット技術に？」

「残念ながらトーク技術のほうだ。話し足りないと思ったのは今回が初めてだ」

「トークも仕事の内だからね。私も楽しく仕事させてもらったよ」

「ちなみにカット技術の方は……」

俺は髪を触りながら答える。

「短くなっていい感じだ！　それ以上のことは分からん！」

「あはは。満足してもらえていれば十分だよ。どれだけ髪を切る技術が優れていても、出来映えにお客様が満足していなければ、その美容師の技術は低いってことになる……と、私は思っているから」

「なら十分だ。ありがとう、詩織」

「こちらこそ。休憩の後、此処での生活について教えてもらえる？」

「もちろん。今日は簡単にアジトや放牧場の案内をしておこう。詳しいことや技能測定なんかは明日やるよ。その時は花梨が分かりやすく教えるから安心してくれ」

俺達はアジトへ向かって歩き出した。

【布団のお披露目】

待ちに待った牛乳の完成。

カリスマ美容師の顔をもつ小野詩織の加入。

サプライズが連続する今日、夕食後に最後のサプライズがあった。

ソフィアと芽衣子が、見せたい物があると言ってアジトの奥へ消えていったのだ。

「なぁ陽奈子、二人のサプライズが何かこっそり教えてよ。あの二人が協力してるってことは手芸関連でしょ？　あんたなら分かるんじゃない？」

亜里砂が尋ねる。

「わ、私にも分からないのです！　徹底して秘密にされていて……」

「マジかよぉ！」

「とんでもないサプライズになりそうね」と花梨。

「案外、火影君が何か知っていたりして？」

詩織がニヤリと俺を見る。俺に対する呼び方が「篠宮君」から「火影君」に変わっていた。

「え、そうなの？　火影、あんた何か知ってるのかー？」

「いいや、俺も知らないよ、なにも」

さらりと流す。

「だよねー」

亜里砂があっさり納得する。

そこへ、「嘘だな」と言い切る者が現れた。

天音だ。

「いや、嘘というのは言い過ぎか。だが、本当のことでもないな」

「天音、どういうこと？　火影は何か隠しているの？」

「篠宮火影は『なにも』という部分で嘘をついた。そのことから察するに、お嬢様や芽衣子から答えを聞かされたわけではないものの、ある程度の当たりはついているのだろう」

「グッ……」

なんという鋭い読みだ。完全にその通りである。

「どうやら天音の推察が正しいみたいだけど、その程度なら知らないのと同じね」

花梨が話をまとめた。

「お待たせいたしました」

いよいよソフィアと芽衣子が戻ってきた。

二人を見た瞬間、俺は「やはり、そうだったか」と呟く。

他の連中は「うおおおおおお！」と叫んだ。

「これが私達からのサプライズ、〈お布団〉ですわ！」

ソフィアと芽衣子が持ってきたのは布団だった。これまで使っていた〈むしろ〉をシーツで包んだ物とは違い、俺らの祖父母が使っていそうな現代的な布団だ。

現代だと「煎餅布団」などと言われそうなペタンコな代物だが、ここでは「神」と評して問題ない最高級の代物である。

「すごっ！　ていうか、すごっ！　すごすぎでしょ！」

大興奮の亜里砂。

「いつの間に作っていたでござるか!?」

「それより、こんな本格的な布団って作ることができたんだ!?」

田中と愛菜も鼻息が荒い。

「お姉ちゃん、私にも教えてよ！　協力したのに！」

陽奈子はプクッと頬を膨らませて芽衣子を睨む。

「ごめんね。私が発案したものだったら手伝ってもらっていたんだけど」

「私が陽奈子さんにも言わないようお願いしたのです。陽奈子さんだけでなく、天音にも教えておりません。仲間外れのような形になってしまい、申し訳ございません」

「い、いえ、そんな、謝らないでください！　こちらこそ、ごめんなさい！」

「なるほど。篠宮火影、それでお前は知っていたのか」

天音は呟き、チラリと俺を一瞥する。

俺は目を逸らした。

「ところで、いつ作っていたの？　陽奈子も知らないってことは作業中じゃないよね？」

尋ねたのは花梨だ。

「作業の後や土日にコッソリとね。作ることよりも、気づかれずに材料を集めるのが大変だったかな。布団に使う材料の綿は、今のところ他の用途で使うことが少ないから」

「たしかにそうね。じゃあ、材料はどうやって調達していたの？」

「主に影山君や田中君にお願いしていたわ」

「そういえば、しばしば材料調達のリストに綿が入っていたでござるな」

「他にもたくさんあったから気にしていなかったでやんす」

「これでもう、今までのお布団とおさらばできますわ！」

ソフィアが嬉しそうに声を弾ませ、手を叩く。

俺達は改めて歓喜の咆哮を繰り出した。

中でも感動していたのは、今日加入したばかりの詩織だ。

「私の布団まであるなんて……」

詩織は今にも泣きそうなくらいに目を潤ませている。

「芽衣子さんと必死になって頑張りましたわ」

「大事に使ってね、詩織」

「もちろん！　今度、絶対にお礼するから！」

「お礼なら結構ですわ。今日、髪を切ってもらいましたので。それで十分です」

「それに私達は私達の仕事をしているだけだから」

ソフィアと芽衣子はニコッと微笑んだ。

「最高の布団が手に入ったのはいいとして、これまで使っていた布団はどうするんだ？」

俺は〈むしろ〉の布団を畳みながら尋ねる。

「解体しても使い道は限られているし、適当に保管しておくのはどうかな。今後も利用する可能性だってあるわけだし」

「芽衣子がそう言うならそうしよう」

俺達は畳んだ布団を広場の隅に積み上げる。あとでもっと奥の物置に運ぼう。

「すごくふわふわしてる！」

布団に入ってご満悦の絵里。

それを見た俺達も、自らの布団を堪能する。

「今までの布団とは寝心地が違うでマッスル！」

「布団のグレードが上がってますます快適になったね」と花梨。

「私からすると、そもそも布団があるだけでも十分すごいんだけどね……」

詩織だけは布団の存在自体に驚愕していた。

「そうか、詩織は今まで地べたで寝ていたのだったな」

「うん。木にもたれるようにしてね。こうして横になって寝るのは久しぶりだよ。しかもこんな上等なお布団で眠れるなんて」

と言いつつ、詩織は敷いた布団に寝転んでいない。

「お布団、お気に召しませんでした？」

ソフィアが不安そうな顔をする。

「違うの。そうじゃなくて、このまま布団に入ったら汚れちゃうから」

詩織は自分の制服を指す。

彼女の制服は俺達と比べものにならないほど汚れていた。地べたで寝ていたのもさることながら、この島に来てから一度も洗濯していないのが大きい。見た目も酷いけれど、服から漂う臭いはそれ以上に酷かった。

「せっかくだし、今日の一番風呂は詩織にするか」

「いいの？」

「服の洗濯もできるし、加入したてってことでいいと思うが……今日の一番風呂って誰だっけ？」

「僕でやんす！」

「影山か。詩織を先にしてもいいかな？」

「もちろんでやんす！」

「じゃあ、お風呂のことは私が教えるね」と花梨。

「ありがとう、何から何まで……」

「気にしないで。仲間なんだから」

詩織は目に浮かべた涙を拭う。

「本当にすごいね、ここは。何もかもが別格だよ」

「あたしらには火影がいるからね」

「篠宮殿がいなければ、拙者らも辛かったでござろうな」

「頭が上がらないでマッスル！」

皆が崇めるように俺を褒めてくる。

嬉しいが、それ以上にむず痒くなった。

「自殺に失敗してよかった。自殺してたら後悔していたよ」

詩織は嬉しそうに微笑んだ。

◇

九月二日、月曜日――。

サプライズに満ちた休日が終わり、労働日がやってきた。

「もう朝か……」

元気に喚くニワトリの声で起きた。

といっても、ウチには雌鶏しかいないので、それほどうるさくない。耳を澄ませないと聞こえない程度だ。波の音のほうが遥かに大きい。

それでも気づくのは、寝ている時も神経を研ぎ澄ませているからだろう。規則正しい波の音に混じるニワトリの声は、言うなればノイズである。うるさくなくても違和感を抱く。

「おはよう、篠宮火影」

天音も起きていた。既に外へ出る準備を終えている。

「今から任務か？」

「そうだ。行ってくる」

天音は静かにアジトを出て行った。

俺は立ち上がり、アジトの外へ顔を覗かせる。

天音の姿は既に消えていた。

(既に平和は確約されているようなものなのに抜け目ないな、天音は)

天音の任務は周辺の警戒だ。人や肉食動物が迫っていないかを確認する。

「鶏卵の調達を済ませておくか」

俺は顔を洗ってから外に出て、放牧場へ行って状況を確認する。

「よし、問題ないな」

牛とニワトリの数に変化はない。体調も良好のように思える。

「こっちも大丈夫だな」

水田で生活している合鴨も元気そうだ。

「動物達はいい感じだが……」

すぐ近くの畑を確認する。

「小麦はよく分からないな」

目の前に広がる小麦畑は、今はまだ何もない耕地だ。

予定では後一週間かそこらで芽が出始める。

芽を踏みつける〈麦踏み〉という作業を行うのは九月末になるだろう。

「むっ」

背後から人の気配がしたので振り返る。

詩織が立っていた。芽衣子に作ってもらった貫頭衣を着ている。歴戦の汚れを纏った制服は綺麗に洗濯され、現在はアジト内にある湖の傍で干されていた。

「おはよう、火影君。もしかして驚かせちゃった？」

「ちょっとだけな。ぐっすり眠れたか？」

「うん。初めてだよ、この島でこれだけ快適な夜を過ごせたのは」

「アジトの環境は最高だからな」

「今までの環境は最低だったしね」

詩織の顔は爽快感に満ちていた。

当然だろう。制服のみならず体も綺麗になり、さらには布団で寝たのだから。彼女が受けた衝撃や感動は、俺達には計り知れないレベルに違いない。

だが、俺には気になることがあった。

「体調は大丈夫なのか？　見た感じお疲れのようだが」

詩織の目の下にできたクマがすごいことになっている。まるで何日も寝ていない人間のようだ。何かしらの病気にかかって死にかけと言われても信じる程に酷い。

「体調？　別に平気だけど」

「ならいいけど、辛い時は無理しないで休んでくれ。加入したてでもだ」

「分かった。気遣ってくれてありがとう」

「気遣うというか、それが俺達の為なんだ」

「そうなの？」

「ここでは健康的な身体が求められている。だから、少しでも体調が優れない時はアジトで休むようにしているんだ。無理してこじらせたら余計に足を引っ張ってしまうからな」

「それもそうだね」

「特に女子は男と違ってアレがあるから尚更だ」

「アレって？」

首を傾げる詩織。

俺は花梨から教わった言い方で答えた。

「月のモノ」

詩織が「あぁ」と理解する。

「生理なら大丈夫だよ。それと、目の下のクマは本当に問題ないから安心してね。昔からクマがくっきりつきやすいの」

「そうなのか」

「うん。そんなわけで、見た目に反して今は絶好調！」

「オーケー」

詩織は周囲を見渡し、それから尋ねてきた。

「此処って既に完成しているように見えるけど、実際はどうなの？」

「まだまだ未完成だよ」

「そうなんだ？　具体的にはどこが未完成なの？」

「たくさんあるぞ。例えば今日は牛舎と鶏舎を作る予定だ」

「ぎゅうしゃ？　けいしゃ？　それって何？」

「牛舎は牛の家、鶏舎はニワトリの家だ」

「あー、牧場によくある小屋のことかな？」

「そうそう。ただ、そこまで立派な建物は考えていないよ。作るのに苦労するから。雨が降った時に雨宿りできる為の場所があればそれでいいんだ。人間と一緒で動物も雨に打たれ続けるのはよろしくないからね」

「なるほど」

「その他だと、基本的にはブラッシュアップする作業がメインになる。貫頭衣以外の服を作ってオシャレするだとか、新たな食材を集めて料理の幅を広げるだとか。昨日の布団なんかもその一つだ。牛舎や鶏舎のような優先度の高い仕事を消化しつつ、日々の生活が楽しくなるような作業もしていく予定だ」

「…………」

詩織が無言になる。驚いたような顔で俺を見たまま動かない。

どうしたのかと思いきや、いきなり涙を流し始めた。

「お、おい、なんかまずったか？　俺」

女に泣かれると混乱する。原因が分からない時は尚更だ。

「ううん、何もまずってないよ」

詩織が笑いながら涙を拭う。

「本当にすごいと思って」

「すごい？」

「未来を見据えてアレコレ計画して、それを立派に成し遂げているのが。しかも、日本へ戻ろうって本気で考えているでしょ？　夢物語じゃなくて、真剣に」

「まぁな」

俺達の目標については、昨夜、食事の時に話した。

「それに比べて私なんてさ、生きる為に頑張ろうとしなかった。自分でどうにかしようって思うことはなくて、ただただ皇城君達についていっただけ。それで全てを諦めて死のうとしちゃってさ。情けないなって」

「そんなことないと思うけど」

「あるよ。店で働いているからって大人になったつもりでいたの。本当は全然大人になんかなれていなくて、火影君や此処の皆に比べてあまりにも軟弱過ぎる。そのことを痛感して、不甲斐なさとか色々とこみ上げてきて、なんだか涙が出ちゃったの。本当に弱いな、私って」

「むぅ……」

今度は俺が口を閉ざす。どのように答えるべきか分からなかった。必死に頭を回転させるが、適切な言葉が浮かばない。

　そこで俺は、何かを言う代わりに抱きしめた。彼女の背中に腕を回す。何も言わず、ただ静かにギュッとする。

　しばらくその状態で過ごした後、思ったことを言った。

「誰にでも得手不得手がある。此処では俺の得意なことがたまたま役に立っただけだ。だからといって、俺が詩織より優れているかといえば、それは違う。それに詩織のカット技術は既に必要不可欠なものとなっている。皆の喜び様を見れば明らかだ。だから、上手く言えないけど、あまり卑下しないでくれ」

　我ながら口下手だと思う。それでも気持ちは伝わった。

「ありがとう……優しいね、火影君」

「だろー？　俺は優しい男なんだよ、実は」

「あはは」

　俺の胸の中で詩織が笑う。

「そんじゃ、卵を回収するとしよう」

「私も手伝うね」

「サンキュー」

　俺達は手分けして産卵箱から卵を回収していく。

「詩織、卵は何個あった？　こっちは二〇個だ」

「こっちは一〇個かな」

「合わせて三〇か。完璧だな」

新たに捕獲したニワトリも含めて、全羽が産卵したようだ。非の打ち所がない最高の結果に笑みがこぼれる。詩織も嬉しそうだ。

「これだけあれば今日の卵料理は豪華になること間違いなしだ」

「あー、もう、想像したら今から涎が溢れてきちゃう！」

絵里の作る料理を想像して、俺達は涎をジュルジュルした。

【竪穴式住居】

しばらくして皆が起床し、朝食が始まった。

今日の卵料理は目玉焼きと卵焼きだ。

当然ながら両方とも美味い。文句なしに美味い。最高に美味い。

「ふと思ったんだけどさ、目玉焼きってすごい名前じゃない？」

「目玉だもんなぁ、目玉！」

愛菜と亜里砂が話している。

「当たり前のように受け入れてるけど、目玉に見立てるって恐ろしいよな」

俺も加わった。

「なんか今って、差別的な表現を見直そうみたいな運動があるじゃん？　もしもだよ、ああいう運動で目玉焼きって名前が使えなくなったとしたら、新しい名前は何になるのかな？」

愛菜が面白いことを言い出した。

「卵焼き……はこっちと被るか」

俺は卵焼きを箸で掴んで口に運ぶ。

「そう。だから卵焼きって名前は使えないでしょ？　だったらどうなるかな？」

「たぶん〈卵の素焼き〉になるっしょ」と亜里砂。

「それか〈姿焼き〉かな？」と花梨。

「案外、〈ハム無しハムエッグ〉になるかもしれないでござるよ」

田中が冗談ぽく言う。大ウケではないが、そこそこウケた。

特に芽衣子がウケていて、「面白いね、それ」と絶賛している。

「ハム無しハムエッグはウケるネタでござるな！」

「だからって何度も使わないでね」

すかさず絵里が釘を刺す。

田中は「ぐぬぬ」と口をつぐんだ。

「こういう時こそ多数決ですわ。少数派になっても不満を抱かない議題ですし」

ソフィアが提案する。皆が賛成した。

「他に意見がなければ候補は三つだ」

皆の顔を見る。誰も何も言わなかった。

「では決を採ろう。〈素焼き〉になると思う人！」

七人が手を挙げた。

亜里砂、愛菜、ソフィア、天音、マッスル高橋、陽奈子、詩織だ。

「次に〈姿焼き〉だと思う人は？」

挙手したのは、俺、花梨、吉岡田、影山、絵里の五人。

「最後に〈ハム無しハムエッグ〉」

消去法で分かっていたが、挙手したのは田中と芽衣子の二人だった。

「私はそうなったら面白いって意味でハムエッグ派なんだけどね」

「芽衣子殿ォ！　これは何かの運命でござるな！」

「会長！　恋の予感でやんすか!?」

影山が田中を援護射撃。

「んー、そういうのはないかな」

「そんなぁ！」

崩れ落ちる田中。

俺達は声を上げて笑った。

そんなこんなで楽しい朝食の時間が終わる。

「絵里の作る美味いメシのおかげで今日も頑張れるぜ」

俺は思っていたことを呟いた。

何気ない一言だったが、絵里は頬を赤くして、恥ずかしそうに俯いた。

「あ、ありがと、火影君」

恥ずかしそうな絵里を見て、俺まで恥ずかしくなる。

「おいおいおいおいぃ！」

亜里砂がニヤニヤしながら肩を小突いてきた。

「いきなり口説く奴がおるかぁ？　それも朝からよぉ！」

「別に口説いたわけじゃ……」

「けしからんでござるな、篠宮殿。実にけしからんでござるよ」

田中が亜里砂に続く。

「だからそういうのじゃねぇって」

俺は「やれやれ」とため息をついた。

このままだと茶化され続けてしまうので、話題を変えるとしよう。

「今日の作業についてだけど、基本的には既に指示した通りだ」

最優先すべきは牛舎と鶏舎の建造。

「まずは俺が鶏舎を造ってみせる。それを参考に手分けして牛舎を造ってもらう。普通は牛舎と鶏舎で内装に大きな違いがあるけれど、此処だとサイズ以外は同じだ。単純に鶏舎のサイズを大きくした物を牛舎として扱う。余裕ができたら各自の判断で他の作業をしてくれ」

「「「「了解！」」」」

「詩織は花梨からウチの作業について教わってくれ」

「分かった。花梨、よろしくね」

「うん、任せて」

詩織の能力は少しだけ把握している。

例えば火熾しに関しては申し分なかった。既にまいぎり式ときりもみ式の両方をマスターしている。何度も練習すればスピードも向上するだろう。

男子の五位と違って、女子は五位でも有能のようだ。

見ている限り手先が器用なので、土器や青銅器をはじめ、その他の技術に関してもすぐに習得するだろう。一週間もしない内に戦力となりそうだ。

「では、建設班と手芸班、それに調理班、偵察班に分かれて作業開始だ！」

皆が「おおー！」と右手を突き上げる。

「調理班と言っても、メンバーは絵里しかいないんだけどなぁ！」と亜里砂。

「私は優秀だから一人で十分ってことだよ」

「言うねぇ！」

絵里の返しに亜里砂は満足そうだ。

「念の為に言っておくと私も一人だぞ」と天音。

「そういえばそうだった！」

自身の額を叩く亜里砂。

「ま、何かあったら言いなよ、絵里。この亜里砂様が手伝ってやるからさ！」

「うん、ありがとね」

話が落ち着いたのを確認してから、俺は建設班を率いてアジトを出た。

◇

建設班は俺を含む野郎五人と亜里砂で構成されている。

鶏舎が完成するまでは俺が監督を務め、その後は亜里砂に引き継ぐ予定だ。

「鶏舎と牛舎は竪穴式住居でいく」

放牧場の前で説明した。

俺達の目の前には、事前に掘った深さ三十センチ程の穴がある。

「おお！　縄文時代の家でござるな！」

「穴を掘ったのはその為でマッスルか!?」

「そういうこった」

竪穴式住居の建造方法は簡単だ。

まずは円錐状の骨格を作る。

掘った穴の四隅に支柱となる木材を突き刺し、それに対して木材を立てかける。

それらを紐で縛って固定すれば骨格の完成だ。

次の作業は仕上げ。

作った骨格に屋根材となる藁を敷く。この時点で、見た目は完全に竪穴式住居だ。

しかし、ここで作業を終えると、藁が風に吹き飛ばされかねない。

そこで屋根材の上に土を被せる。穴を掘った際にできた土を使えばいいだろう。

「――とまぁ、こんな感じだ」

説明しながら鶏舎を造ってみせる。

建築に必要な材料を事前に用意していた為、大して苦労しなかった。

「すごっ！　あっという間に完成したじゃん！」

目を輝かせる亜里砂。

「竪穴式住居の建設で大変なのは穴掘りと建材の準備だからな。家を組み立てること自体は誰がやっても苦労しないと思うぜ」

「それでも流石のお手並みでござるよ」

「篠宮さんの腕前には脱帽です、どうぞ」

「ま、やってみれば分かるよ。絶賛する程でもないってな」

「だったら私らの家も造ろうよ！　いいでしょ!?」

亜里砂が目をキラキラと輝かせる。

「別にいいけど、俺達の家は優先度が低いぞ。かなり後回しになるぜ」

「そうなの？　家って大事じゃん！　早く欲しいよ！」

「俺達にはアジトがあるからな。竪穴式住居より快適だ」

「えー、家のほうが快適そうだけど」

「それがそうでもないんだ。この鶏舎は人が住む為の物じゃないからすぐにできた部分もある。もしも俺達が住むための物を造るなら、もう少し凝らないといけない。虫除けやら何やらと考える必要があるから」

「なんだってぇ！」

「あと、これが何よりも大きいのだが……」

「まだ何かあるの!?」

「材料が足りない。圧倒的に足りない。家を造るのには木材を使うが、ウチでまともに木の伐採ができるのは俺とマッスル高橋くらいだ。天音もできると思うが、彼女は別の任務で忙しいから頼めない。俺もなんだかんだで木の伐採をする余裕はない。現状、伐採作業をしているのはマッスルだけになる」

「そっかぁ。それなら仕方ない、私らの家は諦めよう！」

「そうしてもらえると助かる」

我がチームは女性陣が主力だ。

それ故の弱点がパワー不足――いわゆる力仕事である。

木を伐採するといった肉体労働は、どうしても男の役割となる。ところが、ウチの男手といえば、俺とマッスル高橋以外はモヤシ野郎だ。そのせいで、今回の竪穴式住居で使う建材の調達ですら苦労していた。

「マッスル、今日も伐採作業を頼めるか？」

「もちろんでマッスル！」

マッスル高橋がマッスルポーズを決める。ボディビルダーがよくするポーズだ。ただでさえ凄まじい筋肉がさらに膨らんだ。

「残りの男三人は組み立てだ。亜里砂の指揮下に入って立派な牛舎を造ってくれ」

「うおっしゃー！　ビシバシいくからなぁ！　オタク共ォ！」

亜里砂はどこからか竹の棒を取りだし、それで陰キャ三人衆の尻を叩く。

バチンッと弾ける音が鳴り響いた。なかなか強烈な音だ。

「おい、指揮下といっても暴力は……」

亜里砂が調子に乗りすぎていると判断した俺は、慌てて止めようとする。

――が、叩かれた側の反応を見て改めた。

「うひひぃ！　愛の鞭ありがとうでござる！」

「やる気が漲るでやんす！」

「あひん！　たまらないです、どうぞ！」

なんとびっくり、陰キャ三人衆は喜んでいるのだ。まるでイキかけと言わんがばかりの恍惚とした顔で、だらだらと涎まで垂らしている。

「おらぁ！　働け！　働かんかい！」

バチンッ、バチンッ、バチンッ。

凄まじい音が響く度、陰キャ三人衆が感謝の言葉を叫ぶ。

どうやら叩かれるのはその三人だけのようだ。

俺は当然として、マッスル高橋も叩かれずに済んでいる。

マッスルも健常者側（コチラ）の人間なのだろう。

「変態（コチラ）だな、あの三人……」

健常者側の俺から見ると、変態側（アチラ）の姿は衝撃的だった。

◇

今日の作業は五つの班に分かれて行っていた。

建設班、手芸班、教育班、調理班、偵察班だ。

手芸班はいつもの三人に愛菜を加えた四人。

偵察班は天音、調理班は絵里、教育班は花梨と詩織。

「あれ？　愛菜の姿が見当たらないな」

アジトに戻った俺は手芸班のもとへ向かう。

手芸班はいつもの調子で靴作りに励んでいた。

「ゴムの調達をお願いしているの」

班を代表して芽衣子が答えた。詩織と違って制服を着ている。

「猿軍団にかかればゴムの調達もお手の物か」

「本当に優秀だよね」

俺は「だな」と頷き、手芸班の作業を眺める。

「靴作りもいよいよ佳境……今日で終わりそうだな」

靴は全員に二足ずつ用意する予定だ。

ボロボロになった上履きも含めると、合計で三足になる。

既に一足分は完成しており、今は二足目に取りかかっていた。

「篠宮君の方はどう？　建設、上手くいった？」

「鶏舎は問題なく終わった。竪穴式だから楽なものだ。牛舎も今日中に完成するだろう」

「すごいね」

「手芸班には敵わないさ。ところで、俺に手伝えることはあるかな？　暇だから協力するよ。材料調達でもなんでも言ってくれ」

「じゃあ、少し教えてほしいことがあるんだけどいいかな？」

俺は「えっ」と驚いた。

「手芸関係で俺が教えるのか？　芽衣子に？」

芽衣子が真顔で頷く。

「別にいいけど、俺に教えられることなんかあるのかな」

こと手芸に関しては、俺より芽衣子のほうが圧倒的に優秀だ。知識、作業効率、応用力、どれをとっても敵わない。

だから、俺が彼女に教えられることなど何もないように思えた。

「靴作りが終わったら革製品に取り組む予定なの」

「革製品？」

「ウサギやイノシシの毛皮が余ってるでしょ？　それを加工して革製品にしようかなって。具体的に何を作るかは決めていないけど」

「それは名案だ。コートとか作れると最高だな。冬の寒さは未知数なわけだし、なにより夏用の制服や通気性に優れたアカソの服は寒さに弱い」

俺は心の中で感動していた。いよいよ革製品にまで進出してしまうのか、と。

「でも、動物の『皮』を革製品の『革』にする方法が分からないの。皮を革にするには何かしらの作業が必要でしょ？　私や陽奈子が革で物を作る時って、そういう作業が終わった後の革を買っていたから」

「要するに皮の鞣(なめ)し方を知りたいわけか」

「たぶん、そういうこと。頭に『たぶん』が付くのは、皮と革の違いをよく分かっていないから。手芸班のリーダーを任せてもらっておきながら恥ずかしい話なんだけどね」

「違いは簡単だよ。皮は〈鞣す〉という作業を行うことで革になる」

「皮を鞣した物が革ってことでいいのかな」

「そういうことだ」

「なるほどね。それで、篠宮君なら皮の鞣す方法を知っていると思ったのだけど……」

「分かるよ」

手芸班から「おお」と歓声が上がる。

「流石だね。じゃあ、教えてちょうだい」

「いいぜ。といっても、実演してみせることはできないぞ。アジトに蓄えているのは皮じゃなくて革だからな。既に下処理が済んでいて、それも〈鞣す〉の範疇に入る」

「そうなんだ」

「ま、その辺りのことも説明するよ。俺もそれほど詳しいわけじゃないけど、最低限のことは教えられると思う。革を保管している場所へ行こう」

「ありがとう。よろしくね。陽奈子、ソフィア、あとはお願い」

「任せて、お姉ちゃん！」

「立派な靴に仕上げてみせますわ」

俺は芽衣子と共に、アジトの奥へ向かった。

【皮を鞣す方法】

アジトの奥にある革の保管場所で、俺は芽衣子に鞣すとはなんぞやと説明していた。

「動物の皮って、剥いで放置していると硬くなったり腐ったりするんだ。そうならないようにする作業を〈鞣す〉という。ウサギにしろイノシシにしろ、俺は剥いだ皮を燻してから保管しているだろ？　あの燻す作業も立派な〈鞣す〉に含まれる。俗に〈燻煙鞣し〉と呼ばれる方法だ。鞣し方にもいくつかの種類があって、それによって出来上がる革の質感が大きく変わってく……ウッ……」

最後の最後で言葉が詰まる。

そこまで必死に我慢していたが、耐えきれなかった。

「やばい、イキそうだって、芽衣子」

俺は視線を下ろす。

そこには、勃起した我がペニスにしゃぶる芽衣子の姿があった。服を着たまま俺の前で膝を突き、両手を俺の太ももに添えて、頭を激しく振っている。ペニスを唾液まみれにし、蛇のように舌を這わせ、内なる精液を強引に搾り取ろうとしていた。

そう、俺は今、芽衣子にフェラチオを受けているのだ。仁王立ちした状態でペニスを咥えられながら真面目な解説をするという、不思議な事態に陥っていた。

どうしてこんなことになっているかというと、芽衣子が誘ってきたからだ。

「どうせお話しをするなら気持ちいいほうがいいでしょ？」

芽衣子にそう言われた俺は、二つ返事で「やったぜ」と同意した。

彼女が何を思って誘ってきたのかは不明だが、そんなものはどうだっていい。大事なのは両者が合意していること。そして、気持ちいい思いをできるのが俺ってことだ。

「説明はもうおしまい？」

いいところでフェラを止める芽衣子。射精の寸前で止められることほど辛いものはない。

「ひ、卑怯だぞ」

「篠宮君が続きを話したら、私も続きをしてあげるよ」

芽衣子はニヤニヤしながらギンギンのペニスに息を吹きかける。

得も言えぬ衝撃が走り、全身がブルブルッと震えた。

「そ、それで、ここにある革は〈燻煙鞣し〉が終わっているわけだが、このままだと硬い。芽衣子が店で買うような革は……って、むむ？」

そこで言葉が止まる。

俺が話しているのに、芽衣子が止まったからだ。

なにをするのかと思いきや、芽衣子は髪を掻き上げた。どうやら艶やかで長い黒髪が鬱陶しかったようだ。その仕草であったり、しばしばペニスに当たる髪の感触だったりが、俺の興奮度を高めていた。

「んっ……」

改めてペニスを咥えると、芽衣子は俺を見てきた。続きを話せ、と目で言っている。

「芽衣子が店で買うような革って柔らかいよな？　あれは〈クロム鞣し〉という方法で鞣されているんだ。これはクロム化合物を使った方法で、安価で且つ手間暇をかけることなく良質な革を作れる画期的なものだ。現代の革製品で使われる革は、大半がクロム鞣しで鞣された革を使っている――あ、もうだめだ、イクッ！」

俺は芽衣子の後頭部を両手で掴み、ペニスを喉に突き立てた。それと同時に、溜めに溜めた精液を放出する。彼女の頬が精液で膨らんだ。

「ふぅ、気持ち良かった」

射精し終えたので、芽衣子の口からペニスを抜いた。

「むぅ」

芽衣子はジーッと俺を睨む。口を開いて中の様子を見せた後、口内の精液を飲み干した。ゴクッといい音が鳴る。

「話が終わる前にイクなんてずるいよ」

「わりぃわりぃ、気持ち良すぎて」

「じゃあ、続きね」

「えっ」

驚く俺をよそに、彼女は再びフェラを始めた。

射精を終えて一服モードの我がペニスが混乱している。しかし、混乱はじきに落ち着き、ほどなくして再度の勃起を始めた。

それを確認すると、芽衣子は動きを止める。続きを話せということだ。

俺は「悪魔だな」と苦笑いしつつ、要望に応えた。

「クロム鞣しと同程度とはいかないが、ここにある革も柔らかくすることが可能だ。その為には繊維を解してやればいい。木の棒でガンガン叩いたり、油を塗りたくったり、揉んだりする。この辺は現代の革製品でもたまにやるんじゃないか？」

「そうだね」

「どうやって柔らかくするかっていうのは、たぶん俺よりも芽衣子のほうが詳しいと思う。俺は知識として知っているだけで、実際に革を柔らかくした経験なんて皆無だからな。なので、俺が教えられるのは鞣しの技術だ。燻煙鞣し以外にも、〈植物タンニン鞣し〉や〈油鞣し〉などは、ウチの環境でも行うことができる。燻煙鞣しより手間がかかるけどな」

「その名前、なんか聞き覚えがあるかも」

ジュポッ、ジュポッ。

ペニスを襲う刺激が強まっていき、俺の口から「ウッ」と息が漏れる。

「き、聞き覚えがあるのは……タタ、タンニン？」

「そうそう」

「植物タンニン鞣しは、植物から抽出したタンニンって成分に浸ける鞣し方だ。クロム鞣しの次くらいに定番だと思う」

「そうなんだ。油鞣しはオリーブオイルに浸けるの？」

「いや、魚油を使うよ」

「なるほど、魚油なのね」

芽衣子は舌を伸ばし、ペニスの裏筋を舐め上げる。

「もっとこう、何か複雑な作業が必要になるのかと思った」

「原始的な作業って作業内容自体は単純なのが多いよ。複雑な作業を要するものは滅多にない。だから俺みたいな人間でもそれなりに再現することが可能なわけだ」

「俺みたいなって言うけど、篠宮君は普通にすごいと思うよ」

俺は「ありがとう」と流し、「そんなわけで」と続けた。

「今までは手当たり次第に燻煙鞣しで済ませていたけど、その気になれば他の選択肢もあるから、色々と試してみたらいいと思う」

「そうする」

革についての話が終了する。

第二ラウンドのフェラチオも終了が迫っていた。

俺は右手で芽衣子の頭を撫で、腰を引いて彼女の口からペニスを抜く。

「顔にかけてもいい？」

芽衣子の顎をクイッと上げて尋ねる。

「ダメだよ。汚れたら後が大変だもの。その代わり――」

芽衣子が懐から何やら取り出す。

「これを使って楽しまない？」

彼女の言う「これ」とは、コンドームのことだった。

「それ、俺のゴムじゃないか」

「こっそり持ってきておいたの、使うかなと思って」

「抜け目ないな」

俺はニヤリと笑い、「いいぜ」と頷く。

「じゃあ着けるね」

芽衣子は袋からコンドームを取り出し、手で着けようとする。液溜めの部分を指で摘まみながら、ペニスに輪っかを通していく。

「これで大丈夫？　上手く着いてる？」

「問題ないよ」

俺は芽衣子を立たせ、両手を壁に突かせて、こちらに尻を突き出させる。

「挿入の前に芽衣子のあそこをにゅるにゅるにしないとな」

彼女のスカートに手を突っ込み、パンツを下ろす。

右手の人差し指と中指に唾液をつけて、背後から腕を回し、指で膣を弄る。

「あぅっ……」

陰核（クリ）を人差し指で撫でると、芽衣子が小さな声で喘いだ。

中指を彼女の膣に入れて、濡れ具合を確認する。

既に愛液でぬるぬるし始めていた。

「どうする？　指で何度もイカせてからぶち込んで欲しい？」

指で責めながら、芽衣子の耳元で囁く。

「そ、そうして欲しいけど……あっ……時間が……」

「遅すぎたら手芸班の面々が不審に思うか」

「うん……だから……んっ……あんまり……」

「ならスピード重視でいこう」

彼女の膣は愛液で満ちており、今すぐにペニスを突っ込める状態だ。

それでも、まずは指で執拗に責めて、快楽の絶頂へ誘う。

「それ、だめっ、あああっ！」

芽衣子の身体が震えて、膣がギュッと締まる。

あっさりイッてしまった。俺の指によって。

「これでイッた回数がおあいこになったな」

俺は膣から指を抜くと、近くに積んである革を地面に敷いた。

その上に芽衣子を寝かせる。これなら岩肌で背中を痛めなくて済む。

互いに服を着たまま進めることにした。

「たまには横から突いてやろう」

芽衣子の身体を右に向ける。彼女の右脚を抱えながらペニスをぶち込んだ。

膣内は温かくて柔らかい。ただ挿入しているだけでも気持ちいい。

「ああんっ、篠宮君、そこ、初めて、ああっ！」

初めての側位は上出来のようで、芽衣子は実に気持ちよさそうな声を出している。下敷きにしている革を掴み、体をビクビクさせて感じていた。

一方、俺のほうはやや物足りない。ペニスを襲う刺激が弱いからだ。

(ま、芽衣子のよがる顔を見られるなら問題ない)

芽衣子の快楽を重視して、しばらくは側位を続けた。

「おっ、またイッたか。よほど気持ちいいようだな」

「うん、すご、ああっ、いぃ！」

涎を撒き散らす程に感じている芽衣子。もはや理性は消失している。

時間がある時なら、側位でガンガン突き続けるのも面白そうだ。こちらがうっかり射精する恐れはまずないから、勃起の続く限り突けるだろう。

しかし、今回は時間がそれほどないので、そろそろ仕上げにかかるとしよう。

俺はペニスを抜き、芽衣子を正面に向かせた。彼女の両脚を大きく広げて再び挿入する。王道の中の王道——正常位だ。

「やっぱりこっちのほうが気持ちいいな、俺は」

芽衣子の首に腕を回し、体を重ねて激しく腰を振る。

「ああっ！　あっ！　あああっ！　私も、これっ、いいっ！」

芽衣子が耳元で喘ぐ。両腕と両脚を俺に絡ませる。ペニスが子宮に当たる度、彼女は背中を反らせた。

「芽衣子、背中は大丈夫か？　痛くない？」

「大丈夫、だから、もっと、激しく」

「激しいのをご所望とはエロい女だな」

「そんな……あっ、エロく、なんか……」

「なんだ、エロくないのか？　そんなエロい顔をしているのに？」

「うぅ……」

俺は腰の振りを止め、ニヤニヤしながら芽衣子を見下ろす。

彼女は物欲しげな目でこちらを見つめていた。

「芽衣子はエロい女ってことでいいよな？　もっとガンガン突いてほしいよな？」

「……はい」

芽衣子が恥ずかしそうに頷く。

肯定されたことで、俺の興奮度が跳ね上がった。

これまでよりも激しく、凄まじい速度で腰を振る。

パンッ！　パンッ！　パンッ！

芽衣子の喘ぎ声以上に、性器の交わる音が響く。

「ああああっ！　だめ、優しく、もっと」

「もう遅い！」

芽衣子の目が虚ろになろうとも、俺は腰を振り続けた。

ペニスを奥まで突き立てて、執拗に子宮へ押し付ける。

何度も、何度も、何度も。

「芽衣子、俺も、そろそろ……」

いよいよイキそうになってきた。

芽衣子は腕の力を強めて、強引にキスしてくる。俺の口に舌をねじ込んできて、激しく舌を絡めた後、真っ赤な顔で言った。

「イッて、篠宮君……！」

「分かった」

今度は俺から唇を重ねる。

舌と舌を交わらせながら、腰の振りを強めていく。

「イクよ、芽衣子」

「私も」

次の瞬間、俺達の口から息が漏れる。

同じタイミングでイッた。

(今回は俺のゴムだし大丈夫だよな……？)

射精が終わって賢者モードになった途端、ふと不安になった。

ゴムは破れていないだろうか、と。前に絵里と交わった時のことを思い出す。

「服を着たままのセックスもたまには悪くないな。汗で湿気るのは難点だが」

そう言って芽衣子の首を舐めつつ、萎れたペニスを抜いていく。

「はぁ……はぁ……はぁ……」

芽衣子は疲れ果てて話せない様子。先程まで俺をロックしていた両腕と両脚は、力なく地面に垂れていた。

(よし、大丈夫だ)

コンドームが破れていないことを確認する。

それを見ていて思った。

「やっぱり俺としては穢れた芽衣子が見たいなぁ」

何食わぬ顔でペニスからコンドームを外す。

そして、精液がたくさん溜まったそれを芽衣子の顔に近づける。

「ちょ、篠宮君、まさか……!」

「いいだろ？　舐めれば済むんだからさ」

芽衣子の顔の上で、コンドームの裏表を反対にした。

コンドームからポタポタと精液が垂れていく。

それらは芽衣子の顔や髪にかかり、彼女を盛大に穢した。

「やるほうは楽しいかもしれないけど、やられるほうは大変なのよ」

芽衣子が頬を膨らましながら俺を睨む。

「革のことを教えてやったし、そのお礼ってことで」

「お礼ならもうしたでしょ」

「まぁまぁ、そんなことを言わずにさ」

俺は芽衣子の顔にペニスを近づけ、手でしごく。

硬さを失ったペニスから、精液の残滓が出てきた。

それも彼女の顔に付着する。

「また顔にかけた……」

「すげぇエロくていい感じだぞ」

「そんなこと言っても無駄だから」

芽衣子はムスッとしつつも、それ以上は怒らず、素直に精液を舐め取った。

【味噌】

昼食が終わり、午後になる。

俺のすることは午前と変わりない。材料を集めたり、道具のメンテナンスを行ったり……要するに雑務だ。

俺はチームのリーダーだが、雑用だってしっかりこなす。「我は王様なり」とふんぞり返るようなことはしない。この姿勢は仲間から評価されていて、自分でも立派なことだと思っている。

「火影君、ちょっといいかな？」

黙々と作業をしていると、絵里が近づいてきた。

「別にいいけど、どうした？」

俺は石器の槍を壁に立てかける。しばらく使っていない物だ。

「これなんだけど……」

絵里は手に持っている教科書を見せてきた。家庭科の教科書で、料理関係のことを書いたページが開かれている。

「これ、作ってみたいの」

そう言って彼女が指したのは、ページの片隅にある味噌汁の写真だ。

「味噌汁か。いいんじゃないか。日本人のメシと言えば米と味噌汁だからな」

「この海にはワカメもあるよね？　味噌汁に合うと思うの。どうだろ？」

「絶対に合うよ。ワカメ入りの味噌汁か、いい感じだな。すぐに作ろう」

「私も作りたいんだけど……」

「何か問題でも？」

「肝心の味噌がなくて……」

「あぁ」

この発言を受けて、俺はあることを思い出した。

いつだか忘れたが、味噌を造ろうと考えたことがあったのだ。いや、考えただけではない。

実際に造ろうとしていた。

だが、造っている最中に誰かがやってきたのだ。それが誰かは覚えていない。たしかなのは、気がつくと気持ち良くなっていたことだ。で、味噌のことは忘れた。

「そっか、味噌を造っていなかったなぁ」

今の今まで、てっきり完成させたものだと思い込んでいた。

「味噌がないと味噌汁は作れないよね……」

「そうだけど、味噌を造るのは難しくないぜ」

「本当に!?」

絵里が食いつく。目を輝かせながら。

「ああ、本当さ。だが、とにかく大豆が必要になる」

「大豆かぁ。たしか近くにあったよね？」

「あるよ、小さな大豆畑が。そこで収穫すれば問題ない。ただ、収穫する量は問題がある。味噌を造るのに必要な大豆の量はとても多い。俺達だけで収穫するのは骨が折れるだろう。こういった作業をするには頭数が必要だ」

「頭数って言うと……」

「猿軍団が最適だ。愛菜に頼んで猿の力を貸してもらおう」

俺はアジトの中を見渡す。

今日は手芸班に配属されている愛菜だが、この場にはいなかった。昼食の際に戻ってきていたが、その後、再び猿軍団を連れて出て行ったようだ。

「愛菜が戻るのを待つ間、ワカメを調達しておくよ。どうせすぐには帰ってこないだろうし」

「分かった。ワカメ、私も手伝うね」

「一緒に服を脱いで海に入るってことか？」

手芸班の三人が顔を上げてこちらを見る。

「ち、違うから！」

絵里は顔を赤くして否定する。

「荷物持ちだよ！　火影君が獲ったワカメを私が運ぶって話だから！」

絵里は芽衣子達の方を見て、「本当だからね！」と必死そうに言う。

芽衣子と陽奈子、それにソフィアはクスクスと笑った。

「それだったら一人でやるよ。ワカメを調達している間、海辺にポツンと佇ませるのも悪いからな。絵里は他の調理でもしておいてくれ」

「分かった！　火影君がそう言うならそうする！」

俺は絵里に背を向け、一人でアジトを出た。

◇

ワカメはこれといった苦労をすることなく手に入れられた。

「さすがに海水が冷たくなってきたな」

体をブルブル震わせながらアジトへ戻る。

全裸で帰還したが、そのことを女性陣は気にしていない。

俺も気にしていなくて、ペニスはふにゃふにゃのままだ。

「風邪を引いたら駄目だから温まって！」

絵里が焚き火を指す。

薪の組み方を調整して火力を強めてあった。

「サンキュー」

ワカメを絵里に渡し、タオルで体を拭いて、焚き火で暖を取る。

一息ついてから服を着た。

「やはりウェットスーツが欲しいな」

「ウェットスーツって、ダイビングで着る水着のことだよね？」

絵里がコップを渡してくる。中には温かいお湯が入っていた。

俺は「そうそう」と頷き、ひと思いにお湯を飲み干す。体の内側がポカポカと温まった。

「ウェットスーツは防水性と保温性が非常に高い。あれを着ているかどうかで、海に潜った際の体感温度がまるで違うんだ」

「そんなに違うの？」

「文字通り段違いだよ。臓器を冷やすと体調が悪くなるから、冬の冷たい海に入る時はウェットスーツが必須だ」

「作れたらいいんだけどね」と、少し離れたところから芽衣子が言った。

ウチの最強手芸班でも、流石にウェットスーツを作ることはできない。作る為の材料がないからだ。

「焚き火とお湯のおかげで体が温まったよ。ありがとう、絵里」

俺は空のコップを絵里に返す。

「こちらこそ、ありがとう。ところで、ワカメの下処理はどうすればいいかな？」

「綺麗な水にしばらく浸けておくといいよ。海水から揚げた状態だと汚れているから。あとは特に意識しなくていいと思う」

「じゃあ、そうする！」

絵里は料理場へ移動し、ワカメの入った土器バケツに水を注ぐ。

それが終わると、再びこちらへ近づいてきた。

「私もちょっと休憩！」

すぐ隣に座る絵里。

俺達は手芸班に背を向け、焚き火を眺める。

「実はね、ダメ元で言ってみたの」

「なんのことだ？」

「味噌汁。きっと作れないだろうなと思ってた」

「味噌を用意するのは面倒だからな」

「でも、火影君はあっさり作れるって言ってたでしょ」

「前にある程度の下準備をしていたからな」

「すごいなぁ」

絵里の手がすーっと伸びてきて、俺のズボンに侵入する。

「お、おい……」

チラリと絵里を見る。何事もないかのようにすまし顔だ。

「声を出したらバレちゃうよ」

絵里はニコリと笑い、耳元で囁いた。

ズボンの中にある彼女の手が、そのままパンツへ進む。

そして、奥深くで眠る我が愚息を優しく撫で始めた。

「さすがにまずいって」

声を潜める。

背中を向けているとはいえ、同じ空間に手芸班の三人がいるのだ。それも数メートルの距離に。仮にこちらの声が聞こえずとも、このままでは怪しまれてしまう。

「怖いね。あー怖い」

絵里はニヤニヤしながらペニスを触り続ける。

愚息が急速に成長し、大きくなってきた。ズボンの股間部分がパンパンに膨らんでいる。

そして、見事に勃起してしまう。

すると彼女は攻め方を変えた。今度は握ってきたのだ。立派になった我が息子を。

シコシコ、シコシコ……。

パンツの中でゆっくりしごかれる。肉体的な刺激は決して強くない。だが、背後に人がいる
スリルから新種の快感があった。ぞくぞくとする気持ち良さだ。

「篠宮様と絵里さん、いつもより距離が近くありませんか？」

ソフィアの声が背中に突き刺さる。

「そ、そうか？」

俺は背中を向けたまま、ぎこちない言葉を返す。

「き、気のせい、じゃない？」

絵里もビクビクしている。

「それだけくっついていると、色々と当たりそうだね、色々と」

芽衣子が意味深なことを言い出した。やたら「色々」を強調している。

「な、なな、何を言っているんだ、芽衣子」

「そ、そうだよ、変なことを言わないでよ」

絵里は慌ててズボンから手を出し、俺から離れるように座り直した。

「ほら、別に何もしていないだろ!?」

「私達はただ喋っていただけだよ！」

俺と絵里は互いに振り返り、手芸班を見る。

チラリと絵里を見て、俺は「まずい」と思った。彼女の手に陰毛が絡まっていたのだ。

「別に深い意味はなかったんだけどね」

笑みを浮かべてそう言うと、芽衣子は作業を再開した。ソフィアと陽奈子も同様だ。

俺と絵里は安堵の息を吐いた。

「バレたかと思ったね」

舌を出して笑う絵里。

「もう少し近かったら気づかれていただろうな、絵里の手に」

「私の手？」

絵里は自身の手に目を向け、陰毛の存在に気づいた。

その瞬間、彼女の顔がかぁーと赤くなる。

「もっと早く教えてよ、火影君の馬鹿！」

「そうは言われても、俺だって気づいたのはついさっきだからな」

「もー」

絵里は手に付着していた陰毛を摘まんで、焚き火の炎に放り込んだ。淫行の証拠が炎の中に消える。

「ただいまー！」

「ウキキィ！」

愛菜と猿軍団が戻ってきた。

「おかえり、待っていたぜ」

「おっ、火影、どうかしたの？」

「実は頼みがあってな」

「いいけど、ちょっと待ってもらえる？　リータ達にご褒美を上げたいから」

愛菜は適当な場所で腰を下ろし、猿軍団を整列させた。

リータを先頭に、猿達は縦一列に並ぶ。

「お疲れ様！　よくできました！」

「ウッキィー♪」

一口サイズの果物を与えていく愛菜。

それは白い果肉が特徴的な果物――チェリモヤだ。

俺でさえほっぺが落ちる程の上物で、通称「森のアイスクリーム」である。

(そんな上等な物をやっても猿には分からないんじゃないか)

などと思いつつも口に出さない。

「ウキッキキィ♪」

猿達はチェリモヤを食べさせてもらうと、嬉しそうにアジトを出て行く。その際、しっかり愛菜にお辞儀していた。

「おしまいっと！」

最後の猿にご褒美を与え終えて、愛菜が「お待たせ」と俺を見る。

「それで、あたしに何か用事？」

「絵里が味噌汁を作りたがっていてな」

「味噌汁!?　いいじゃん！　作ろうよ！　作ろう！」

興奮する愛菜。

その声を聞きつけたのか、猿軍団が戻ってきた。アジトの入口付近から様子を窺っている。

「味噌汁を作るには味噌が必要で、味噌を造るには大豆が必要なんだ」

「分かった！　リータ達にお願いして大豆を集めて欲しいわけね？」

「そういうことだ。戻ったばかりで悪いが頼めるか？」

「大丈夫だよ」

愛菜は調達した材料を手芸班に渡し、猿軍団を再び召集した。

彼女の前で猿達が等間隔に整列する。その姿はまるで兵隊だ。

「皆、あたしと一緒に大豆の調達に行くよ！」

「「「「ウキィー！」」」」

愛菜が右手を突き上げると、猿達も同じように拳を掲げた。

「愛菜、大豆畑の場所は分かるか？」

「分かるよー！　どのくらい持って帰ればいいかな？」

「できるだけたくさんだ。遠慮するな」

「りょーかい！　じゃ、行ってくる！」

大した休憩を挟むことなく、愛菜は猿軍団を率いて出て行った。

「あ、そうそう、言い忘れてた」

出て行ってから数秒で戻ってくる愛菜。

「作業が終わったらリータ達にご褒美をあげる必要があるの。だから、火影はご褒美になりそうな物を用意しておいてね」

「果物でいいのか？」

「うん！　一口サイズにカットしておいて！」

「分かった、任せろ」

「それじゃ！」

愛菜が消える。

「俺も行ってくるよ」

絵里は「うん！」と頷いた後、声を潜めて言った。

「さっきの続き、またしようね」

「もちろん」

夕食の準備を絵里に任せ、俺は一人で果物を採りに出かけた。

◇

猿軍団の働きによって、十分な量の大豆が集まった。

やはり人海戦術がナンバーワンだ。

「さて、味噌を造ろうか」

「待ってましたー！」

絵里が拍手する。

「最初に言っておくと、本来、味噌を一日で造るのは不可能だ」

「えっ、じゃあ、今日は味噌汁を味わえないの!?」

途端に絵里の表情が曇る。

「そんなことはない。今回は特別だ」

「どういうこと？　裏技があるとか？」

「裏技というか、事前にある程度の下準備を済ませていたのが大きい。造ろうと思って忘れていたとはいえ、造る手前までは作業していたわけだからな」

「時間のかかる工程が既に終わってるんだ！」

「その通り。それでも普通なら一日はかかるのだが、今回はショートカットコースでいく」

「裏技だ！」

「そんな大したものじゃないよ」

俺は土器バケツを取り出した。バケツの中には綺麗な水が入っている。

「まずは収穫してきた大豆を洗う。要するにこのバケツへ大豆を放り込むわけだ。この時のポイントだが、水は多めに入れておくといい。大豆は水を吸うからな」

「分かった！」

俺の説明通り、絵里が大豆を水の中へ入れようとする。

「ストップだ、絵里」

「あれ？　私、何か間違ってた？」

「いや、正しい。本来の方法ならな」

「というと……」

「今回はショートカットコースだから別の方法を採用する」

「別の方法って？」

「大豆を水洗いする前に砕く！」

「砕くの!?」

「そうだ。貝殻と同じ要領で砕く。ただ、貝殻みたいな粉微塵にしてはいけない。半分に割れる程度が理想的だ」

話しながら実演する。木の臼に入れた大豆を木の槌で優しく砕いていく。臼や槌は別の用途で使う予定だったが、ここでも役に立った。

「こうして砕き終わったら、本来の工程である水洗いだ」

「どうして先に砕いたの？」

「水分を効率良く吸わせる為さ」

砕いた大豆を土器バケツに入れる。

次第に濁っていくバケツの水を見て、絵里は驚いた。

「大豆って、綺麗に見えてすごく汚れているんだね」

「だから入念に水洗いをして、汚れを綺麗に落としてやるんだ。何度か水を交換しながら作業するといいだろう」

しばらくして水洗いが終了した。

「水洗いが済むと、また砕く」

「また砕くの!?」

「そう、まただ。より水分を吸収し易くする為に」

今度も粉々にはならない程度に砕いた。

「で、水に浸ける。浸ける時間だが、本来のコースだと一〇時間以上が望ましい。だが、今回はショートカットコースだから一時間で十分だ」

「短ッ！」

「当然ながら味は大幅に劣化する。それはご愛嬌ってことで」

大豆の吸水速度は半端ない。

わずか一時間で、土器バケツの水が目に見えて減った。

「そろそろ次の工程だ。減った分の水を補給して煮るぞ」

青銅製の大鍋に移し、大豆を煮ていく。

「この作業は流石にショートカットできない。あと、ここで焦ると大失敗に終わる。だから、この工程は確実に成功させねばならない」

頃合いを見計らって次の工程へ。

俺は箸を使ってアチアチの大豆を摘まむ。だが、すぐにホロッと割れた。

「柔らかすぎてまともに掴めない……完璧だな。これで煮る作業も終了だ」

煮た大豆を別の容器に移し、十分に冷ましたら最終工程だ。

「最後に、塩と麹を混ぜる」

「麹!? そんなのないよ！」

「ところがあるんだな、これが」

塩と麹は用意済みだ。

「なんであるの!?」

「前に味噌を造ろうとした時に造ったからさ。ちなみにだが、麹は大豆と麦があれば造れるよ。そっちの造り方もあとで教えよう」

塩と麹、それに大豆を混ぜる。手を使って練り込むように。

ホロホロながら原形を留めていた大豆をグチャグチャにした。

「これで完成だ！」

立派な味噌が誕生した。もちろん立派なのは見た目だけだ。味は分からない。

「ほ、本当に味噌ができちゃった！　すごいよ、火影君！」

嬉しそうに跳びはねる絵里。豊満な胸がボインボインと揺れている。

「味噌についてだが、造った分をその日に消費するならこのままで問題ない。だが、翌日以降も使う場合は、別の容器に移して重石を置く必要がある。そうしないと分離して味が劣化するんだ。本来のコースだと、重石を置いてから半年はそのままだ。そうやって落ち着かせてから使用する」

「そうなんだ？　家庭科の教科書にはそこまで載っていないよ」

「教科書はもっと現代的なノウハウに終始しているからな」

「たしかに！」

「そんなわけで味噌造りは以上だ。お疲れ様！」

「ありがとう、火影君！」

かくして俺達の食事に〈味噌汁〉が加わった。

もっとも現代の味噌汁と比較した場合、味は酷いものだ。

それでも味噌汁には違いないし、この日の夜は大興奮で堪能した。

卵、牛乳、そして味噌――俺達の食文化は、留まることなく進歩していた。

【牛舎と弁当箱】

晩ご飯の味噌汁に興奮する約一時間前――。

「火影、できたぞー！」

アジトで絵里の手伝いをしていると、亜里砂が駆け寄ってきた。牛舎が完成したので見に来いとのことだ。

「絵里、今日の味噌汁、楽しみにしているぜ」

「うん！」

残りの作業を絵里に任せ、亜里砂と一緒に放牧場へ向かう。

「私が指揮すりゃこんなもん朝飯前のちょちょいのちょいよ！」

亜里砂が「どんなもんだい」と牛舎を披露する。

竪穴式住居ならぬ竪穴式牛舎が完成していた。

「おお、素晴らしいじゃないか！」

「でしょー？　牛には勿体ないくらい立派な家だよ！」

三頭の牛が牛舎を出たり入ったりしている。おそらく「なんだこの建物は」とでも言いたいのだろう。じきに自分達の家だと気づくはずだ。

これで牛とニワトリの家が完成した。

「拙者……もはや限界でござる……」

「休暇を所望するでやんす……」

「腕が上がらないです……どうぞ……」

建設作業に携わった陰キャ三人衆がへバっている。全身から滝のように汗を流し、柵のすぐ外で大の字になって倒れていた。

「オタク共は本当に体力がねぇなぁ」

呆れたように言う亜里砂。

「同感でマッスル」

すぐ近くにいたマッスル高橋が同意する。

「偉そうに言っているが、亜里砂は作業したのか？　そんな風には見えないが」

「ちゃんと働いたっての！　こう見えて働き者なんだよ、私は！」

「本当か？　そのわりに元気過ぎる気がするけど」

「亜里砂さんは仕事をしていたでマッスル！」

マッスル高橋が亜里砂を擁護する。

「高橋がそう言うなら本当なんだろうな。やるじゃないか、亜里砂」

「ちょいちょいちょいちょーい！　私の発言も信じてよ！」

「いやぁ、あまりに元気だからさぁ」

「たしかに私は元気だけど、今回はそれだけじゃないよ」

「どういうことだ？」

「あいつらがダメダメなんだよ！」

亜里砂が言う「あいつら」とは陰キャ三人衆のことだ。

「ハハ……亜里砂殿の体力は底なしでござるな……」

「僕らとは体のつくりが違うでやんす……」

「男は弱いです、どうぞ……」

俺は絶句した。

亜里砂は決して体力に自信のあるタイプではない。

なのに彼女はピンピンしていて、陰キャ三人衆はバテバテだ。なんと嘆かわしいことか。

いくらサバイバル技術があっても、これではいざという時に生き残れないだろう。陰キャ三人衆には身体能力を強化するトレーニングをさせるべきかもしれない。

「牛舎と鶏舎が完成したんだ？　早いね」

花梨がやってきた。その後ろには詩織の姿もある。二人も作業を終えたようだ。

「たった一日でこんなに大きな家を造るなんてすごいね」

詩織が口を開くと、陰キャ三人衆はたちまち元気になった。

「そうでござろう！　そうでござろう！」

「皆の笑顔が見たくて、僕ら頑張ったでやんす！　僕らが頑張ったでやんす！」

「今回の経験も設計図に活かせます、どうぞ！」

詩織は「アハハ」と苦笑い。

俺や花梨も、「分かりやすいなぁ」と呆れる。

特に田中が分かりやすくて、彼は詩織のことをえらく気に入っていた。カットの最中に交わした僅かな会話によって、ガチ恋スイッチがオンになってしまったのだ。流石である。

「花梨、そっちの調子はどうだった？」

「詩織はすごく優秀だよ。やっぱり手先が器用なのは大きいね。既に大体のことはマスターしたし、数をこなして作業効率を上げるのが今後の課題かな」

「なるほど。ソフィアと同じ万能タイプなのかな？　苦手なこととかないの？」

「覚えることは苦手みたい。周辺の地理とか、植物のこととか」

詩織が「ごめんね」と頭を掻く。

「材料の調達には向いていないようだな」

「自分で言うのもなんだけど、私もそう思う。キノコの種類について教わったけど、正直、私には全部同じに見えるんだよね……」

「ま、キノコは種類が多いし、見分けるのが難しいからな。野生動物は臭いで毒性の有無を判断できるみたいだが、俺達は人間だからそういうわけにもいかない。それに花梨の話を聞く限り、おおよその作業は問題なくこなせるのだろう？　ならば問題ない」

この発言に、花梨と詩織が笑う。

「俺、何かおかしなことを言ったか？」

「ううん、言ってないよ。ただ、詩織と話していたんだよね。火影ならきっとこんな風に言うよって。で、それを今、火影が本当に言ったから面白くて。ごめんね」

俺は「かまわないさ」と流した。

「夕食まで時間があるから、あとは各自の判断で適当に頼む。皆、お疲れ様！」

こうして、建設班と教育班が解散した。

「火影君、ちょっと質問していい？」

皆が散り散りになった後、詩織が話しかけてきた。

「火影君の作ってる石鹸で弁当箱を洗いたいんだけどいい？　食器を洗うのに使ってるのを見て、弁当箱を洗うのにも使えると思ったんだけど」

「え、詩織、弁当箱を持っているのか？」

「本当は学食が良かったけど、親が強引に持たせていたからね」

「なるほど、それにしても珍しいな」

俺達の通っている学校は何処よりも学食に力を入れている。自炊よりも遥かに安く、それでいて美味い。さらに食堂内は広大で、全校生徒が集まっても余裕がある。全国学食ランキングなるものが存在していたら間違いなく一位だ。

故にウチの学校では、ほぼ全ての生徒が学食でご飯を買っていた。学校側も「当校ではお弁当を用意する必要がございません！」と声高に謳っている。だからこそ、弁当箱を持っているという詩織が珍しかった。

「石鹸は簡単に作れるから自由に使ってくれていいよ。むしろ食器用と身体用で別々に用意できなくてすまんな。いや、一応、別々に作ってはいるのだが……」

「材料が全く同じなんだよね？」

「そうだ。気持ちの問題で使い分けているが、同じ物だからすり替えられても気づかない」

「気持ちは大事だからね。じゃ、ありがたくお借りしまーす」

「食器用に作った石鹸は絵里が管理してるから、彼女にも声をかけてくれ」

「はーい！」

詩織がアジトへ向かう。

俺は適当に作業をしてから戻った。

◇

九月三日、火曜日。

異世界生活の四十八日目が始まった。

今日の天気は――雨。

「この程度の雨で休むって、日本じゃ考えられないよね」と愛菜。

俺は「だなぁ」と頷き、さらに続けた。

「でも、雨に打たれて風邪を引くわけにもいかんからな」

雨といっても、今日の雨はそれほどでもない。小雨と呼ぶには強いが、大雨と呼ぶには物足りない。日本なら傘で防げるレベル。中には傘を差さずに済ます人がいるかもしれない。

一方、風は結構な強さで吹いている。暴風とは呼べないが、強風と言っても差し支えない。

俺達はアジトに引きこもって過ごしていた。雨なのでお休みだ。それでも、大半のメンバーが何かしらの作業をしている。アジト内でできることは多い。

俺は働くことなく休んでいた。

アジトの入口付近——海水の浸食によってU字に削れている部分のすぐ傍で、愛菜と並んで座っている。足を海に向けてぶらぶらさせながら、眼下に見える小舟(ボート)であったり、前方に広がる広大な海だったりを眺めていた。

「「「「ウキキィ！」」」」

猿軍団がやってきた。どの猿も同じような顔に見えるが、先頭の猿がリータであることだけはなんとなく分かった。

猿達は食材を持っている。木の実、キノコ、果物、色々だ。

食べ物を持ってきてどうするのかと思いきや、愛菜の前で並べ始めた。

「これをあたしにくれるの？」

「ウキッ！」

リータが笑顔で頷く。

「ありがとー！」

愛菜は声を弾ませて立ち上がる。

すると、リータは待ってましたとばかりに飛びついた。まずは愛菜の脚にしがみつき、そこからするする上がっていき、おっぱいに到着。で、おっぱいに埋めた顔を左右に振る。それから勝ち誇ったような顔で俺を見てきた。まるで「どうだ、羨ましいだろ？」と言いたげだ。

実に羨ましいエロ猿である。俺は立ち上がり、嫉妬に満ちた目でリータを睨んだ。

「せっかくだし皆で食べようよ！　リータ達も一緒に！」

愛菜の言葉を受けて、猿軍団が歓喜の叫びを上げる。中には人間のようにガッツポーズをしている者までいた。ものすごい喜びようだ。

「適当な器にみんながくれた果物を盛る――」

愛菜が話しながら身体の向きを変えようとした――その時。

「あっ」

愛菜のバランスが崩れた。猿がくれた木の実の一つを踏んでしまったのだ。上半身が海に向かって傾く。

「きゃあ！」

「愛菜！」

俺は慌てて手を伸ばす。

だが――。

（ダメだ！　間に合わない！）

手を空振りする未来が見えた。

愛菜も同じように感じたようで、腕を伸ばさなかった。

その代わりに、引き剥がしたリータをこちらに向かって投げた。

「火影、リータをお願い！」

愛菜自身はそのまま海に落ちていく。

ボートのすぐ隣から大きな水しぶきが上がった。

皆が駆け寄ってくる。

「愛菜！　そこのボートに掴まるんだ！」

海面に顔を出した愛菜へ言う。手を伸ばせば届く距離にボートがあった。

「ゲホッ、ゲホッ」

愛菜は大きく咽せているが、それでも、どうにかボートにしがみついた。

その様子に安堵する俺達。

しかし、問題はまだ終わっていなかった。

「えっ」

愛菜が驚く。

俺達も愕然とした。

「ちょちょちょ！　やばいってやばいって！」

亜里砂が叫ぶ。

ボートが動き出したのだ。ゆっくり海へ向かっていく。強風のせいで荒くなった波が、ボートを海原へ引っ張っている。

ひとたび動き始めるともう止まらない。ボートは瞬く間にアジトの外へ。

愛菜はまだボートに乗れていない。しがみつくだけで精一杯のようだ。

「まずい、まずいまずい！　まずいよ！　このままじゃまずいって！」

居ても立ってもいられない状況だ。

「助けてくる！」

俺はその場で全裸になり、迷うことなく海に飛び込んだ。

【海難危機】

考えなしに海へ飛び込み、それなりに荒い波に立ち向かう。

無心になって海を泳いでいると、脳裏にある男の顔がよぎった。

仲間の一人、トライアスロンの日本代表こと水野泳太郎だ。彼ならば、この程度の波を泳ぐのに苦労はしないだろう。

しかし、それほど水泳が得意でもない俺にとっては厳しかった。

(勢いでダイブしたはいいが、ちょっとまずいかもな)

冷静になるとネガティブなことを考えてしまう。

(先のことなんか考えるな。今は愛菜を助けることだけ考えろ)

自分にそう言い聞かせて、全力のクロールで愛菜を追う。

波のせいか思うように体が進まない。それでも距離が縮んでいることはたしかだ。この調子ならじきに追いつく。

「ごめん、火影、ごめん」

愛菜はボートにしがみついた状態で謝っている。

返事をしたいところだが、今は応える余裕がない。

「よし！」

どうにかボートに追いついた。

愛菜とは反対側の側面にしがみつく。

「愛菜、足で水をかいてアジトを目指すぞ」

「分かった！」

俺達は必死になって海水をキックする。だが、俺達とアジトの距離は縮まらない。それどころか離れていっている。俺達のキック力よりも波の引っ張る力のほうが強いのだ。

「クッ、これでは戻れないぞ」

どうしたものか考える。

危険で難しい決断だが、一つの案が浮かんだ。

「仕方ない、ボートを捨てよう」

全力で泳げばアジトへ戻れる可能性が高い。溺死のリスクはあるけれど、このまま流され続けるよりは遥かにマシだ。

「一気にアジトまで泳ぐぞ！　覚悟はいいか？」

「ダメ！」

愛菜は首を振りながら叫んだ。

「ダメ!?　どうした？　何か問題あるのか？」

「私、泳ぐのが下手で……」

「カナヅチなのか？」

「そこまでじゃないけど、この波を泳げるほどじゃない」

「そう断言できる程に苦手なのか？」

「うん、断言できる。手を離したら溺れるよ、絶対」

「まじかよ」

そういえば、愛菜は水泳の授業をサボっていた。それも毎回、必ずだ。同じくサボりの常習犯である絵里と花梨でさえ、しばしば参加していた。しかし愛菜だけは、記憶の限り一度たりとも水泳の授業に出ていない。本当に苦手なのだろう。

「でも、このままだとまずいぞ……」

現状のままでいるのは危険だ。どうにかせねばならない。

「とりあえずボートに乗ろう」

ボートにしがみついたままだと体力の消耗が激しい。それにこんな状態だと、考え事をするのも一苦労だ。

なによりボートにはオールが積んである。それを使えば波に打ち勝てるかもしれない。

「乗るったって、どうやって？　私、ここから上によじのぼるなんて無理だよ」

「まずは俺が乗る。それから愛菜も乗ればいい。手を貸してやるから」

「わ、分かった！」

「よし、始めるぞ。揺れるけど振り落とされるなよ」

俺は乗船を試みた。まずは右足を上げて、かかとをボートの上へ。そのまま体重を移動させて、体をくるりと回転させる。

どうにか乗り込むことに成功した。——が、案の定、舟が大きく揺れた。

「きゃあ！」

愛菜が悲鳴を上げる。

俺は彼女の左手首を掴み、振り落とされないように支えた。

「大丈夫か!?」

「どうにか……」

「よし、次は愛菜が乗るんだ」

「うん！　……って、火影、全裸じゃん！　風邪引いちゃうよ！」

「今さらかよ！　今はそんなこと気にするな！　それより準備はいいか？」

「いつでもいいよ！」

「オーケー、いくぞ！　うおりゃあ！」

全力で愛菜を引き上げる。

舟が先ほどよりも大きく揺れる。右に左にと激しい揺れだ。

それでも転覆はしなかった。

「ふぅ、どうにか成功だな」

愛菜が舟の上に転がり込んできた。

しかし、ここで新たな問題が発生する。

「ちょ、愛菜!?」

「ふぇ？　――あっ、わぁあああああ！」

愛菜が絶叫する。

彼女の顔が、俺のペニスのすぐ上にあったからだ。

「は、早く離れてくれないと……」

愛菜の息がかかったせいで、ペニスがむくむくと勃起していく。

「なんで勃つのよ！」

「そら顔を当てられたら勃つだろ！　そっちが悪い！」

「こんな状況なら勃たないし！　普通！」

「勃つのが男ってもんなんだよ！」

緊急事態なのに馬鹿げた内容で言い争う。

それが落ち着くと、愛菜が訊いてきた。

「オールって一人のほうが漕ぎやすいんだよね？」

「そうだな。二人で漕ぐと力は強くなるけど、左右の力加減が合わないと真っ直ぐには進めない。プロならまだしも、俺達のような素人なら一人で漕ぐほうがすいすい進むだろう」

「じゃあさ、火影が一人で漕いでよ」

愛菜は上半身を倒し、ペニスを舐めてきた。

裏筋に舌を這わせながら、ニヤニヤと俺の顔を見る。

「私はこっちでサポートするからさ」

荒波の音を引き裂くように、ジュポジュポと淫らな音が響く。

いつも以上に激しいフェラだ。

「………………」

俺はそれを無言で眺める。

「その方が効率的でしょ？」

愛菜が思いっきり亀頭を吸う。強烈な刺激だ。

「チッ、しゃーねぇなぁ！」

俺はアジトへ背を向けるように座り直し、脚を開く。

愛菜が目の前で四つん這いになった。

「落とされるんじゃないぞ！」

俺は全力でオールを漕ぎ始めた。

◇

波の力は強く、ボートは思うように進まなかった。

それでも、少しずつ、着実に、アジトが近づいてきていた。

ボートに乗ったのは正解だ。

「そろそろアジトから俺達のことが見えてくる」

非常に残念ながら、フェラはここで終了だ。

最後に愛菜の口へ射精しておいた。舟に乗ってから三度目の射精だ。

「んぁ」

愛菜が口を開いて中に溜まった精液を見せてくる。

三発目だというのに結構な量が出ていた。

「よし、いいぞ」

俺が許可すると、彼女は精液を飲み干した。

飲み終えると、改めて口の中を見せてくる。

「ちゃんと飲んで偉いな」

「そうするよう火影に調教されたからね」

「記憶にないなぁ」とニヤリ。

「それより、ここからは私が漕ぐよ！」

「助かるよ。ぶっちゃけ、もう体が悲鳴を上げていてな。フェラチオドーピングをもってしても辛いと思っていたところなんだ」

愛菜にオールを渡そうとする——が、しかし。

「「あっ」」

同時に声が漏れた。渡し損ねたのだ。

片方のオールが海の中へ落ちていく。

「ごめん、火影、私……」

「いや、今のは完全に俺の失態だ。アジトが近づいてきたことで油断してしまった」

オールは一瞬で手の届かぬ距離に達する。軽いから流れる速度も凄まじい。とてもではないが回収することは不可能だった。

「ど、どうしたらいいの？」

「予備のオールは……って、あれが予備だったな、そういえば」

残されたオールは一本。

左右交互に漕げば進むけれど、それでは力が足りない。風が強い今だと、必死に頑張ったところで現状維持が関の山だろう。

「仕方ねぇ、俺が泳ぎながら押す。愛菜はオールを漕げ！」

「了解！」

こうなったら合わせ技だ。

俺は海に飛び込み、舟に右肩を当て、必死のバタ足を繰り出す。

愛菜も全力でオールを漕いでいる。

それでも――。

(だめだ……厳しい……)

推進力が足りていない。俺達が全力で頑張っても、波の力と互角だった。

案の定、現状維持にしかならない。それでは意味がなかった。

「火影、これ、まずいよね……」

「ああ、最悪の状況だ」

フェラをされながらオールを漕いでいた頃が恋しい。

あの時も緊急事態だと思ったが、今に比べたら屁でもない。

今こそ正真正銘の緊急事態だ。

「このまま、あたし達……」

「諦めるんじゃねぇ！　これしか道はないんだ！　頑張るぞ！」

ここから叫んでもアジトには届かない。救援を呼ぶのは不可能だ。

かといって、現状を打破する手段も思い浮かばない。

死を覚悟して今の作業を続けるしかなかった。

「進めぇえええええ！」

「お願い！　進んでぇ！」

俺達は叫びながら頑張る。残った力を振り絞って。

――が、悲しいことに、現実は非情だった。

叫んだところでなにも変わらない。

幸いにも雨は収まりつつあるが、肝心の風が変わらずだ。

(こりゃダメかもしらんな)

いよいよ俺も諦めモードに入りつつあった。

そんな時だ。

「火影、何か来る！　後ろ！」

愛菜が叫んだ。

俺はバタ足を続けながら振り返る。

ゴーグルがないので見えづらいが、それでも分かった。

舟から見ている愛菜にも分かったらしく、俺達は同時に叫んだ。

「「サメだ！」」

突っ込んできているのは大きなサメだった。

「早く！　早く舟に上がって！　火影！」

愛菜は漕ぐのを止めて手を伸ばす。

しかし、俺はその手を掴まなかった。

「ダメだ。相手はもう俺のことを認識している。今から舟に上がっても遅い。タックルされて舟を転覆されるのが目に見えている。そうなったらどのみち死ぬ。俺だけじゃなくて、愛菜まで死んでしまう。そうはさせないぞ」

「ちょっと、火影、何を言って……」

「犠牲になるのは俺だけで十分だ」

俺は体の向きを変え、サメに向かって泳ぐ。

サメが俺を狙っている以上、俺が助かるのは不可能だ。ならば、せめて愛菜だけでも無事でいられる道を選ぶ。

「火影！　ダメだって！　火影！」

愛菜が懸命に叫ぶが、俺の意志は変わらなかった。

舟から少し離れたところで止まり、振り返って愛菜に微笑みかける。

「アジトに戻ったら体を温めろよ。風邪、引くんじゃねぇぞ」

「いやだ！　火影！　戻ってきて！　あたしだけじゃ戻れないよ！」

「大丈夫だ。自分を信じて頑張ればなるようになる。サメは俺に任せておけ」

俺はサメに向かって両手と両脚を広げた。

「来い！」

サメに食われて死ぬのは本望ではないが、仲間を守って死ぬのは本望だ。

《つづく》

あとがき

絢乃です。

たくさんの方にお買い上げいただいたおかげで、こうして第三巻を刊行することができました。応援していただきありがとうございます。

第三巻では、計一万文字を超えるボリュームの書き下ろしエピソードを追加しました。また、既存のエピソードにも大幅に手を加えていまして、中には書き下ろしレベルで変えたところもあります。ウェブ版をお読みの方も、新鮮な気持ちでお楽しみいただけたのではないでしょうか？

今回の原稿を書くにあたって強く意識したのは会話文についてです。絢乃の作品は地の文が多い傾向にある為、会話の量を増やそうと心がけました。それによって、ウェブ版よりも皆でわいわい楽しく生活している雰囲気を出せたかと思います。

書き下ろしエピソードについては、誰に焦点を当てようか悩みました。最初は新キャラクターの詩織で考えていたのですが、構成の都合もあって花梨にしました。ウェブ版を未読の方に向けて説明すると、「花梨のお誘い」「記念撮影」「撮影に魅せられて」が書き下ろしエピソードになっています。

書き下ろしエピソードの中でも気に入っているのが「記念撮影」です。撮影という行為を通じて、存在感の薄いマッスル高橋や影山の姿を描くことができました。また、そこからカメラを使った性描写へ繋げられたのも良かったです。

性描写といえば、ウェブ版と書籍版で大きく変わっている点があります。

それが「皮を鞣す方法」です。ウェブ版だと「皮のなめし方」というタイトルのこの回では、芽衣子との性描写が含まれているのですが、プレイの内容が異なります。ウェブ版では口からの口でした。それはそれで悪くなかったのですが、もう少し情欲をそそるものにしたくて修正しています。書籍版でどう変わったのかはネタバレになるので内緒です（笑）

そんなこんなの第三巻、お楽しみいただけたのであれば幸いです。

第四巻が出せることを願いながら、最後に謝辞を述べさせていただきます。

これまでに引き続き最高のイラストを描いてくださった乾 和音先生、またしても続刊を決定してくださった一二三書房様、いつも丁寧にサポートしてくださる担当編集のS様、その他、ご支援頂いた全ての方に対し、心よりお礼申し上げます。ありがとうございました。

そして読者の皆様、ここまでお読みいただきありがとうございました。

今後も異世界ゆるっとサバイバル生活をよろしくお願いいたします。

絢乃

ブレイブ文庫

チート薬師のスローライフ4
～異世界に作ろうドラッグストア～

著作者:ケンノジ イラスト: 松うに

異世界の田舎でのほのぼの生活がついに…
TVアニメ化決定!!
るぅ!
公式サイト www.cheat-kusushi.jp

異世界で【創薬】スキルを手にしたレイジ。オープンしたドラッグストア『キリオドラッグ』には、日々悩みを抱えた町の人々が次々と訪れる。カルチャーショックな異世界でのはじめてのバーベキューに、禁断の薬を望む魔王エジルのお悩み解決、傭兵団の演舞大会ではいいところを見せたい団員のために一肌脱いだりと、今日もレイジは便利な薬で人々の願いを叶えながらスローライフを満喫していく。

定価:700円(税抜)

異世界ゆるっとサバイバル生活 3

～学校の皆と異世界の無人島に転移したけど俺だけ楽勝です～

2021年3月25日　初版第一刷発行
2021年12月25日　　第二刷発行

著　者　　絢乃

発行人　　長谷川　洋

発行・発売　株式会社一二三書房
〒101-0003 東京都千代田区一ツ橋2-4-3
光文恒産ビル
03-3265-1881

印刷所　　中央精版印刷株式会社

■作品の感想、ファンレターをお待ちしております。

■本書の不良・交換については、電話またはメールにてご連絡ください。
株式会社一二三書房　カスタマー担当
メールアドレス：support@hifumi.co.jp

■古書店で本書を購入されている場合はお取替えできません。

■価格はカバーに表示されています。

■本書は小説投稿サイト「ノクターンノベルズ - 小説家になろう」(http://noc.syosetu.com/)に掲載された作品を加筆修正し書籍化したものです。

ISBN 978-4-89199-699-4 C0193